LES ÂMES SŒURS

Marie Gaudreau

Les âmes sœurs

roman

vlb éditeur

VLB ÉDITEUR
1000, rue Amherst
Montréal (Qué.)
H2L 3K5
Tél.: (514) 523-1182
Télécopieur: (514) 282-7530

Maquette de la couverture:
Katherine Sapon

Illustration de la couverture:
© ONF, Canada

Distribution:
AGENCE DE DISTRIBUTION POPULAIRE
955, rue Amherst
Montréal (Qué.)
H2L 3K4
Tél.: à Montréal: (514) 523.1182
        de l'extérieur: 1.800.361.4806

Dépôt légal — 2e trimestre 1991
Bibliothèque nationale du Québec
ISBN 2-89005-442-X

PREMIÈRE PARTIE

L'abîme des caresses aveugles

I

Les yeux fermés

LUCIE DANSE CE SOIR comme tous les soirs: en fermant les yeux. Ce qui agace jusqu'au bord de la rage Gérard, son patron. Combien de fois ne lui a-t-il pas répété que les clients aiment croiser son regard, même si c'est pour feindre de le fuir. Lucie danse, et Gérard, appuyé sur le coin du bar, tripote son trousseau de clés dans la poche de son pantalon. Lucie entend, par-dessus *Le Cygne* de Saint-Saëns que lui crache le petit magnéto-cassette, le cliquetis exaspéré des clés. Suffi-rait-il qu'elle offre enfin son regard traqué aux specta-teurs pour que cesse le frottement métallique du konbaloi improvisé de Gérard? Sans doute non. Encore faudrait-il qu'elle change de musique. Elle sait bien ce qu'il pense de son choix musical... Au début, il l'avait trouvé «intéressant, différent, original», mais depuis quelque temps, il trouve ce piano insupportable. Et il continue à peloter fébrilement ses clés...

Quand Lucie a atterri ici avec son cygne, ses nou-velles collègues ont été émerveillées; maintenant, elles se plaignent que ça brise le rythme du service aux tables et disent en riant que les clients vont finir par s'endormir. Lucie pense que c'est la bière qui risque de les endormir, la bière tiède et l'ennui. À l'entracte,

Gérard va sûrement l'accrocher et la menacer une nouvelle fois de la mettre à la porte, elle et sa maudite
musique, elle et son maudit costume de scène. Mais elle
s'en moque. «S'ils voulaient voir du ballet, c'est à la
Place des Arts qu'ils iraient, pas ici! Ici ils sont venus
voir ton cul: donne-leur-en pour leur argent! Et puis,
bordel de merde! quand est-ce que tu vas te décider à
ouvrir les yeux?»

II

Comme dans les films d'amour

SUZANNE COMMENÇAIT TOUJOURS par bander les yeux de Lucie quand elles jouaient à l'amour. «Comme dans les films d'amour», murmurait-elle en nouant l'écharpe noire derrière la tête de l'enfant. Après, elle ne disait plus rien.

Lucie s'étendait sur son lit et Suzanne la déshabillait lentement, défaisant un à un, avec mille précautions, les boutons de son chemisier. Les filles avaient baissé les stores et tiré les rideaux de leur chambre; seule une statuette phosphorescente de la Vierge, achetée au magasin de souvenirs de la basilique du Cap-de-la-Madeleine, jetait sa pâleur verdâtre sur le couple d'amantes puériles. Suzanne faisait glisser la jupe de la petite le long de ses jambes inertes. Elle lui laissait sa petite culotte et ses chaussettes. Dans la pénombre, elle devinait plus qu'elle ne la voyait sa jeune sœur couchée, son chemisier ouvert qui s'étalait comme des ailes mortes de chaque côté de son corps. Elle restait un moment debout au pied du lit à la regarder. Lucie ne bronchait pas; on aurait dit qu'elle attendait d'être sacrifiée.

Suzanne s'agenouillait à côté du lit, joignait ses mains tremblantes et priait en silence parce qu'elle avait peur de commettre un péché. Elle ne voulait pas salir son âme. À huit ans, elle avait déjà pris la résolution d'arriver au Ciel à la manière des saintes, blanche et pure... mais les tentations sont si grandes sur les voies qui mènent à Dieu! Elle ajoutait quelques mots à sa prière pour le salut de sa sœur, même si celle-ci ignorait encore l'existence du péché, même si elle ne connaissait pas encore la torture feutrée du confessionnal. Son cœur battait contre ses tempes, la prière ne parvenait pas à apaiser le remous qui agitait son corps.

Suzanne posait une main sur le ventre de Lucie en essayant de la rendre aussi légère que possible: elle ne voulait qu'effleurer la peau blanche. Effleurer à rebrousse-poil le doux duvet cuivré qui la recouvrait. Comme si sa main avait été le premier vent chaud du printemps, celui qui caresse le cou quand on enlève enfin sa longue écharpe de laine piquante. Effleurer, comme les pattes d'une mouche qui fait sa toilette sur notre bras, comme les poils de la chenille dans la main, comme l'eau tiède d'un lac tranquille à la fin du jour. La main de Suzanne remontait très lentement — comme si elle avait eu peur de se tromper — le corps offert de Lucie. Elle passait sur la poitrine plate de l'enfant, s'arrêtait un instant dans le creux de l'épaule. Elle n'irait pas toucher le visage barré par l'écharpe noire. Une fine gouttelette de salive pouvait surgir au milieu de la lèvre inférieure, toujours un peu boudeuse, de Lucie. Puis un sourire passait. Bientôt, le jeu de l'amour culminerait dans le baiser que Suzanne se retenait encore de donner sur la bouche de sa sœur.

Suzanne s'agenouillait sur le lit, au-dessus de sa petite sœur; elle repoussait délicatement les pans du chemisier avant d'appuyer ses mains à plat d'un côté et de l'autre des épaules de la fillette. Elle se penchait au-dessus d'elle en évitant de la frôler avec ses jambes ou ses bras et refaisait, avec les lèvres, le chemin qu'elle avait d'abord parcouru avec la main. Sentir le duvet rose et or caresser ses lèvres, humer l'étrange odeur de sa petite sœur rousse: ça sentait le feu, le sable qui chauffe au soleil. Une petite odeur aigrelette s'exhalait des aisselles de Lucie, un discret parfum piquant qui se fondait dans l'odeur de lessive fraîche du chemisier de coton. Suzanne tremblait, la bouche de sa sœur occupait tout son champ de vision. Elle était là qui attendait, comme l'actrice en gros plan quand on devine les yeux de l'acteur posés sur elle, quand on sent que sa bouche à lui, attirée par un puissant et mystérieux aimant, est sur le point de rejoindre sa bouche à elle. Ensuite, il s'en approche lentement, sous l'œil insistant de la caméra, puis l'actrice ferme les yeux et l'écran devient tout noir.

Lucie ne voyait rien et n'en ressentait que mieux les délicieux frissons que lui procurait chaque caresse effleurée sur sa peau nue. De l'autre côté de la porte close, il pouvait arriver n'importe quoi, ses parents pouvaient continuer de se battre, elle n'entendait rien. Elle n'entendait que le souffle court de sa sœur et ce léger halètement la faisait trembler imperceptiblement: elle s'imaginait que Suzanne pressentait quelque danger secret, et elle partageait tacitement cette crainte. Une étrange peur se diffusait sous sa peau; il n'y avait pourtant rien à craindre, cela faisait partie du jeu. Quand sa sœur parcourait son corps avec sa bouche, elle se sentait imprégnée de la chaleur de son haleine. Elle aurait voulu demander à sa sœur de se coucher sur elle, de la couvrir de tout son poids, des pieds à la tête, pour la réchauffer davantage, mais la règle du silence ne pouvait absolument pas être transgressée sous peine de voir le jeu se terminer prématurément. Et pour rien au monde n'aurait-elle voulu se priver du baiser auquel devaient aboutir toutes les caresses silencieuses de sa sœur. Ce baiser qui diluait toutes ses craintes, réelles ou fantomatiques, qui effaçait sa mémoire, qui coulait dans sa gorge et la réchauffait; ce baiser qui la faisait voyager loin, très loin de son corps, de son lit, de sa chambre, de la maison, du jardin, de la rue, qui l'a-menait comme sur un tapis magique traverser des espaces aux odeurs et aux silences euphorisants.

«Qu'est-ce que vous faites là? Je vous pensais dehors», s'étonna un jour la mère en voyant sortir les deux filles de leur chambre.

Lucie, l'œil brillant et les joues rouges, s'empressa de répondre, enthousiaste: «On jouait à...»

Mais sa sœur l'interrompit sèchement: «On jouait à prier», en lançant un regard menaçant à Lucie qui se tut.

«Jouer à prier?» répéta la mère incrédule.

«Je montrais des prières à Lucie», fit la plus vieille en se dirigeant vers la porte qui menait au jardin.

«Mais Suzanne! ta sœur n'a pas commencé l'école, elle ne sait même pas lire.»

«C'est pas grave. Elle les répète après moi, puis elle les apprend par cœur. Pas besoin de savoir lire pour prier», répondit Suzanne sur un ton faussement nonchalant, la main sur la poignée de la porte.

«De toute façon, je trouve que c'est un drôle de jeu pour une petite fille de cinq ans. Elle les apprendra bien assez vite, ses prières.»

«Viens-t'en», ordonna gentiment Suzanne à sa sœur qui avait suivi la discussion d'un air perplexe.

«N'allez pas trop loin, on va passer à table bien-tôt.»

III

Sur *Le Cygne* de Saint-Saëns

«C'EST LA DERNIÈRE FOIS que je t'avertis: tu lâches ton maudit *Lac des cygnes* ou tu prends la porte!» Gérard a lâché son trousseau de clés et montre la sortie du club de son index menaçant. Comme si je ne savais pas où est la porte, pense Lucie. Toute nue, avec son costume à plumes sur le bras, elle soupire, lève les yeux au ciel: «Pour la dernière fois, ce n'est pas le *Lac des cygnes!* dit-elle en brandissant la cassette coupable. C'est *Le Cygne!* Et ça n'a rien à voir!» ajoute-elle, exaspérée, avant de marmonner un méprisant «ignare» que Gérard ne rate pas:

«Hey! Commence pas avec tes grands airs. Si t'es si bonne que ça, vas-y danser du ballet, vas-y! Des filles, j'peux en avoir comme ça, fait Gérard en soupesant un poids imaginaire dans sa main ouverte. Des plus jeunes, des mieux équipées, pis des plus payantes. Envoye! y a des clients qui t'appellent. Pour ton prochain set, j'vas t'en donner une cassette, moi. Envoye, grouille!»

«Est-ce que j'peux aller me changer au moins, mon général?» lance Lucie en faisant le salut militaire.

Le boss répond d'un haussement d'épaules et retourne vers le bar finir le verre qui l'attend. Lucie s'en va dans «la loge» — appelée aussi «le bureau», selon l'usage du moment — enfiler son maillot de serveuse, son costume de serveuse. Nathalie, une danseuse, est assise à moitié nue dans un vieux fauteuil en train de fumer une cigarette: «Tu t'es encore pognée avec le boss?» constate-t-elle en voyant entrer Lucie.

«Ouais... Il m'énerve... Il est tellement épais...»

«Qu'est-ce que t'attends pour l'envoyer promener? Y en a d'autres clubs!»

«Bien sûr...» soupire Lucie.

«En tout cas, moi, à ton âge, je me ferai plus chier avec des bonhommes comme lui.»

«À mon âge? Je suis si vieille que ça?» s'étonne Lucie.

L'autre est un peu embêtée: «C'est pas ça que je voulais dire... T'es pas vieille... non... je voulais dire que...»

«C'est vrai que j'ai quand même presque le double de ton âge», interrompt Lucie.

«Charrie pas! t'as juste trente ans, pis j'en ai dix-huit.»

«Trente-trois», corrige Lucie.

«Trente, trente-trois... de toute façon, ça paraît pas. Quand on te regarde les seins comme ça, on dirait qu'on a le même âge. C'est vrai, regarde dans le miroir.»

Les deux filles se mettent côte à côte devant le miroir en pied fixé contre la porte. Lucie a enfilé son maillot jusqu'à la taille, laissant ses seins à découvert. Elle promène son regard dans la glace, de sa poitrine à celle de la jeune danseuse: c'est vrai, on dirait qu'elles ont le même âge. «J'ai encore quelques morceaux comme ça qui sont restés en enfance», fait Lucie au miroir.

Nathalie se tourne vers elle: «T'es une drôle de fille... Je t'aime bien, même si je te comprends pas toujours... Je me suis souvent demandé pourquoi tu travaillais pas dans un bureau, avec une vraie job. T'as de l'instruction, une belle éducation, tu parles bien...»

«Toi, interrompt Lucie, irais-tu travailler dans un bureau?»

«Non, moi je veux devenir riche. Mais toi, c'est pas pareil... je veux dire, tu prends jamais de clients... tu dois pas faire des ben grosses payes...»

«Je me contente de faire mon métier d'actrice.»

«Actrice, c'est un bien grand mot pour le métier qu'on fait... C'est pas en dansant tout nue qu'on va aller à Hollywood chercher des Oscars... Mais c'est vrai, toi tu danses sur de la grande musique», fait la plus jeune d'un air moqueur. Puis elle ajoute, devant le sourire mélancolique de sa collègue: «Pourquoi tu prends cette musique-là?»

«Ce serait trop long à t'expliquer», soupire Lucie. Elle hésite un peu en regardant la jeune danseuse et ajoute doucement: «Ferme les yeux.»

«Pourquoi faire?» s'étonne Nathalie en riant.

«Ferme les yeux», demande encore Lucie.

«Si ça peut te faire plaisir.» Elle s'exécute docilement.

Lucie regarde l'image de Nathalie que lui renvoie la glace en silence.

«Est-ce que je peux les ouvrir maintenant?» demande cette dernière avec une vague excitation dans la voix.

«Chut, souffle Lucie sans laisser l'image dans le miroir. Il ne faut pas parler.» Nathalie obéit.

La main de Lucie tremble, sa peau est gercée, les ongles carminés: c'est déjà une vieille main qui a appris à mentir. Mais peut-être a-t-elle gardé le souvenir des caresses de l'enfance? Elle approche sa main des seins de Nathalie, effleure à peine un mamelon au creux de la paume, puis elle descend, épouse le galbe en le frôlant à peine. Cette peau est si douce. Elle approche son visage de l'oreille de Nathalie et murmure: «Entends-tu une musique?» Sans laisser à l'autre le temps de répondre, Lucie continue, tout en caressant la peau douce de la jeune femme: «Des notes de piano qu'on effleure à peine... une musique comme une caresse qui voltige, à la manière des samares ailées des grands érables... une musique comme un cygne qui glisse sur l'eau en courbant humblement son long cou...» Nathalie sourit, extatique: «C'est beau», dit-elle à mi-voix. Lucie n'ajoute plus rien: elle est touchée par la petite voix émue et complice de Nathalie, par son abandon à ses caresses qui doivent être pourtant à cent lieues de celles de Suzanne quand elle était enfant. Elle continue à promener sa main sur le corps soyeux et uniformément bronzé de Nathalie, elle aurait envie d'y poser la bouche. Elle s'agenouille devant la danseuse, dos au miroir. Elle caresse de ses lèvres le ventre de Nathalie, elle s'assoit sur les talons et pose la bouche sur les cuisses nues de la jeune femme qui s'ouvrent imperceptiblement. Lucie cherche à atteindre la peau mince et douce sur la face interne des cuisses. Nathalie frémit de tout son corps. Lucie se relève brusquement et ordonne, visiblement troublée:

«Tu peux ouvrir les yeux.»

«Non, continue...» languit Nathalie.

«Non, il ne faut surtout pas...» Elle ajoute sur un ton beaucoup plus sec, définitif: «Le boss va arriver.»

«Pis ça?» rétorque la danseuse en ouvrant les yeux.

«Non, je ne peux pas», fait Lucie en baissant la tête.

«On pourrait peut-être se retrouver chez vous en sortant d'ici...» suggère Nathalie en effleurant du bout de l'index la poitrine de Lucie.

Lucie recule d'un pas et ajuste les bretelles de son maillot. Puis elle dit à la jeune danseuse déçue: «Tu te trompes, j'ai seulement voulu te faire entendre ma petite musique.»

IV

Le péché de la chair

MÈRE SUPÉRIEURE avait demandé à Suzanne de coucher dans le dortoir des petites, dans un lit à côté de celui de Lucie. Cette demande avait été faite dans le plus grand secret: la plupart des petites avaient, à l'égal de Lucie, une grande sœur dans un autre dortoir, et si l'affaire s'ébruitait, on n'en finirait pas de repousser de pareilles demandes. «Le cas de Lucie est exceptionnel et doit le rester», avait dit Mère supérieure. À son corps défendant, la direction du couvent s'était résolue à cette mesure exceptionnelle dans l'espoir de mettre fin aux troubles qui sévissaient dans le dortoir des petites: Lucie souffrait de somnambulisme, elle faisait des cauchemars à répétition et cela provoquait une réaction en chaîne chez les autres dormeuses, créant un climat d'angoisse qui troublait le sommeil des fillettes et (surtout) celui de Mère Saint-Nicolas, chargée de la surveillance. Suzanne comprit fort bien l'enjeu de sa mission secrète et la remplit pendant un mois avec une joie dissimulée, mais profondément ressentie.

Le soir après l'étude, Suzanne feignait d'aller se coucher dans le dortoir des grandes où elle avait sa cellule. Elle suivait les autres élèves de son âge en rangs disciplinés dans les couloirs et les escaliers qui menaient au dortoir; après une toilette succincte au lavabo commun, et après la prière du soir marmonnée à genoux à côté de son lit, Suzanne se couchait. Les lumières s'éteignaient. Elle attendait alors que la surveillante vienne lui faire signe de «passer».

Vêtue d'une robe de nuit qui flottait autour de ses chevilles, elle traversait la moitié du couvent pour aller dormir. Elle croisait parfois des religieuses qui allaient à la prière du soir ou qui en revenaient (Suzanne l'ignorait), ou qui regagnaient leurs cellules. Elle les saluait d'un discret signe de la tête, hypocritement docile et malléable, et se demandait à quoi ressemblaient ces cellules mystérieusement dissimulées dans les ailes inaccessibles du couvent. Elle se promettait d'y aller voir un de ces soirs, mais il faudrait faire attention de ne pas se faire prendre. Elle déambulait dans le couvent à peine éclairé; les vieux planchers de chêne, les marches des escaliers craquaient sous ses pas et exhalaient leur odeur de sainteté: cire, éclisses de bois, robes défraîchies des religieuses, vieux missels et chapelets bénis par le pape, cahiers neufs, crayons mâchouillés, cuir frais des cartables et des chaussures marron... Suzanne croyait entendre, quand s'agrippant au pilastre tourné d'un grand escalier elle renversait la tête, l'écho de cent petites filles qui grimpent dans un joyeux désordre, qui se moquent de la religieuse, de ses ordres et de ses menaces, qui chantent «Vive les vacances, au diable les pénitences, mettons l'école en feu et les sœurs dans le milieu» et qui rient à gorge déployée en se tenant par la main. Alors, après s'être assurée que personne ne pouvait la surprendre, elle montait l'escalier en courant et en soulevant sa robe de nuit; parfois elle le redescendait aussi vite pour le remonter encore à la course, juste pour s'essouffler, juste pour sentir son cœur affolé et son sang qui affluait dans ses tempes, sa peau qui devenait moite et chaude. Certains soirs, elle montait l'escalier à la course et se laissait ensuite glisser sur la rampe lisse en renversant la tête pour sentir ses longs cheveux noirs fouetter l'air silencieux. Toute seule dans les larges couloirs, elle s'imaginait que le couvent lui appartenait, que c'était sa maison; elle se disait alors qu'elle était reine de France ou de Bretagne et qu'elle faisait la tournée de son château; au passage, elle saluait quelques sujets loyaux avec la grâce et la mansuétude d'une bonne reine...

Quand elle pénétrait dans le dortoir des petites, les enfants dormaient déjà depuis un moment. La lumière qui tombait de l'imposte de la chambrette de Mère Saint-Nicolas éclairait comme une veilleuse les deux rangées de petits lits blancs en fer. Une centaine de lits identiques, séparés entre eux par une petite armoire sur laquelle était posé un bassin, se faisaient face en deux droites parfaitement parallèles. Les sous-vêtements des fillettes pendaient sur les côtés des lits, quelques dormeuses bougeaient ou gémissaient faiblement, certaines ronflaient. On entendait à peine la rumeur du dehors. Les grands stores kaki qui donnaient une allure militaire à cette immense salle étaient élimés et laissaient passer, en de minuscules rayons, la lumière de la rue. Le lit de Lucie était au bout de l'allée de droite; celui, temporaire, de Suzanne était tout à côté, juste avant la gigantesque armoire où étaient rangées les malles vides des pensionnaires. Évidemment, Lucie ne dormait pas, elle attendait Suzanne. Elle avait toujours peur qu'elle ne vienne pas. Elle souriait en la voyant arriver.

«Tu dors pas encore?» chuchotait Suzanne en s'asseyant au bord du lit de sa petite sœur.

«Non, je t'attendais.»

«Je suis là. Tu peux dormir maintenant. Bonne nuit», disait encore Suzanne à mi-voix tout en passant une main maternelle dans les cheveux roux de Lucie.

«Bonne nuit», répondait Lucie en se calant dans son lit.

Un soir pourtant, Lucie n'arriva pas à trouver le sommeil. Elle entendit craquer la couchette de Suzanne: elle savait qu'elle devait s'endormir à ce moment-là, mais elle n'en n'avait vraiment pas envie: elle voulait jouer à l'amour avec sa sœur. Depuis que Lucie avait commencé l'école, Suzanne ne proposait plus de jouer à faire comme dans les films d'amour. Elle se tourna vers le lit de sa sœur et l'appela à mi-voix: «Suzanne?»

«Oui?» répondit tout de suite la grande, en chuchotant elle aussi.

«Tu dors pas?»

«Non.»

«Moi non plus...»

«Si t'arrêtais de parler, tu t'endormirais peut-être... Ferme les yeux, ça va t'aider. Bonne nuit.»

«Suzanne?» appela encore la petite.

«Quoi?»

«Quand je ferme les yeux, je pense à... tu sais... à... aux films d'amour... Tu veux pas jouer avec moi?»

Suzanne se leva d'un bond et vint s'asseoir sur le lit de Lucie. Elle posa un index sur les lèvres de sa sœur: «Chut. Ne parle jamais de ça.»

«Pourquoi? C'est mal?»

«C'est un secret. Tu dois le dire à personne», insista la plus vieille en prenant les mains de sa sœur dans les siennes.

«Pourquoi?»

«C'est un secret.»

«Tu m'aimes plus?» demanda la petite avec sa mine boudeuse.

«Mais non, voyons... tu le sais que je t'aime... t'es ma sœur. Mais on est trop vieilles pour ces jeux-là», expliqua Suzanne en caressant la tête rousse, machinalement.

«Tu veux pas jouer? Juste une fois?»

«Non», dit Suzanne en se levant. Elle borda sa sœur et lui dit d'un ton sévère: «Dors. Tu vas réveiller les autres si t'arrêtes pas de parler, puis après ça ils ne me laisseront plus jamais venir coucher ici. Bonne nuit.»

«Bonne nuit», répondit Lucie avec un sanglot dans la voix.

Lucie avait attendu toute la journée le moment de se mettre au lit dans l'espoir que sa sœur accepterait de jouer avec elle pour calmer ses angoisses. Elle avait fini par apprendre ses prières et connaissait maintenant les dangers insondables du péché, aussi, son esprit n'était plus aussi tranquille qu'avant. Le Bien et le Mal se bousculaient dans son petit corps de sept ans. Elle avait des apparitions du diable qui menaçait de la perdre dans les feux de l'enfer, dans des ténèbres rougeoyantes où elle ne connaîtrait plus jamais le repos des caresses «incestueuses». Un matin, en classe, Mère Marie de l'Enfant-Jésus avait dit que le Seigneur pouvait venir nous chercher n'importe quand, comme un voleur; en traversant la rue par exemple. Et qu'il fallait, pour aller au Ciel au moment où cela se produirait, être en parfait état de pureté. Elle avait dit aussi qu'on était sur Terre pour accomplir la volonté de Dieu, pas pour s'amuser, et qu'il fallait faire des sacrifices. Elle avait parlé des enfants qui meurent de faim dans le monde, c'est pour ça qu'il ne faut pas jouer avec la nourriture ni la gaspiller, même si on n'aime pas ce qu'il y a dans notre assiette, au réfectoire. Il y avait aussi ceux qui allaient mourir sans avoir jamais entendu la parole de Dieu, c'étaient des païens, comme les sauvages, les petits nègres et les jaunes; si on ne les aidait pas, ils ne pourraient pas aller au Ciel comme les Blancs. C'est pour ça qu'il faut acheter des petits Chinois et Lucie en achetait toutes les semaines. Elle en avait de toutes les couleurs, chacun avec un prénom différent: Denis,

Michel, Alain, Normand, Pierre, René, Jean-Paul, Jocelyn, André, Benoît, François, etc., c'étaient des noms de baptême, car c'est d'abord en les baptisant qu'on peut les sauver. Tant qu'ils s'appelleront N'Dong Ondo, Tchan ou autres noms «barbares», ils n'auront aucune chance d'échapper au Mal. Mais le Bien et le Mal se moquaient éperdument de l'enveloppe de petits Chinois cachée sous l'oreiller de Lucie et n'avaient de cesse de se disputer sa fragile conscience. Ces luttes intestines atteignaient leur paroxysme au moment où il fallait s'endormir, quand la surveillante éteignait les lumières, quand le claquement de l'interrupteur retentissait dans le vaste dortoir, abandonnant chaque enfant à ses monstres nocturnes.

Après avoir éteint, Mère Saint-Nicolas restait un moment plantée à côté de l'interrupteur. Elle écoutait. Si des petites filles s'agitaient, riaient ou parlaient, elle les interpellait d'un autoritaire «Mademoiselle» (suivi du nom de famille), qui indiquait très clairement qu'on avait tout intérêt à se tenir coites jusqu'au lendemain matin. Quelquefois, une voix vexée s'élevait: «C'est pas moi, c'est Unetelle», mais la religieuse ne perdait pas son sang-froid: «Mesdemoiselles! Silence!» Elle attendait encore un peu, droite et longue comme un cierge pascal au bout de l'allée centrale, puis se retirait dans sa chambrette. Elle fermait la porte et allumait sa lampe. Lucie suspendait son regard au carreau éclairé: elle avait si peur du noir depuis qu'elle était pensionnaire. Après quelques minutes, un quart d'heure? une demi-heure? la religieuse sortait faire sa ronde, armée d'une lampe de poche. Elle avançait précautionneusement en évitant de faire craquer le plancher de bois; elle dirigeait au besoin le faisceau lumineux sur le visage d'une enfant au sommeil trouble. Lucie tremblait: et si la religieuse apercevait le diable dans ses yeux? Mais Mère Saint-Nicolas ne voyait rien, rien d'autre qu'une enfant qui pleurait; elle s'avançait vers Lucie, éteignait la lampe, la posait sur l'armoire et s'asseyait sur le lit.

«Ma pauvre enfant... Qu'est-ce qui ne va pas?» chuchotait la religieuse avec la tendresse inquiète d'une mère pour son enfant.

La nuit, on cessait de vouvoyer Lucie, elle n'était plus une «mademoiselle» parmi tant d'autres, on lui disait «tu», on l'appelait Lucie. Dans l'obscurité, une intimité volée enveloppait la couche de l'enfant. Mais la douceur et la tendresse de la voix lui rappelaient qu'elle vivait séparée de sa mère et des autres qu'elle aimait.

«J'ai peur...» sanglotait l'enfant.

«Tu n'as pas à avoir peur», disait la religieuse en caressant la tête rousse. «De quoi as-tu peur?»

«Je ne sais pas», disait l'enfant en haussant les épaules.

«Alors, tu vois, tu n'as pas raison de t'inquiéter. Ne pleure pas. Là, c'est fini...» consolait la religieuse en essuyant le visage de la petite avec son mouchoir. Mais l'enfant sanglotait toujours:

«Est-ce que le petit Jésus m'aime?»

La religieuse ne pouvait s'empêcher de sourire: «Mais oui, Jésus t'aime. Jésus aime tous les enfants... et saint Nicolas aime les enfants sages, comme toi...»

L'enfant se calmait, reniflait un bon coup et demandait encore: «Et mes parents?»

«Jésus aime tes parents aussi.»

«Non, je veux dire: est-ce que mes parents m'aiment?»

«Bien sûr qu'ils t'aiment. C'est d'ailleurs parce qu'ils t'aiment qu'ils t'ont mise pensionnaire.»

L'enfant cessait tout à fait de pleurer et ses grands yeux clairs interrogeaient la religieuse qui venait de lui poser une énigme impossible à résoudre. Pour ne pas être tout à fait vaincue, elle ajoutait parfois: «Est-ce qu'ils s'aiment? Entre eux?»

La question embarrassait passablement la religieuse qui répondait d'un sourire gêné et d'une nouvelle caresse dans les cheveux roux. Elle embrassait Lucie sur le front avant de lui souhaiter une bonne nuit. Elle reprenait sa lampe de poche et terminait sa ronde. Au milieu de la nuit, il pouvait arriver qu'elle eût à revenir précipitamment au chevet de Lucie parce que celle-ci s'était mise à crier. Elle redoublait de douceur, elle essuyait encore le visage mouillé et l'enfant fermait les yeux pour mieux goûter le repos de ces caresses tendres et de ces baisers légers. La religieuse finissait par quelque recommandation en mettant parfois un petit crucifix dans la main de l'enfant: «Récite tes prières... ça t'aidera à dormir...»

Avant de regagner sa chambrette, elle devait encore s'arrêter auprès d'autres lits, consoler d'autres fillettes réveillées par les cris de Lucie et qui avaient suivi la scène avec l'intérêt du spectateur qui se reconnaît dans le drame du héros, essuyer d'autres visages larmoyants, recommander encore la prière et invoquer le saint Nom de Dieu.

Mais tout cela, c'était avant qu'on autorise Suzanne à coucher dans le dortoir des petites. Depuis, Mère Saint-Nicolas savait que Lucie ne s'endormirait pas tant que sa grande sœur ne serait pas arrivée. Si elle s'agitait et criait au cours de la nuit, Suzanne s'en occupait, prestement.

Mais ce soir-là, Suzanne ne voulait pas jouer à l'amour, elle ne voulait plus faire comme dans les films d'amour quand l'image devient toute noire. Lucie n'avait plus qu'à s'endormir. La surveillante ne viendrait même pas l'embrasser: elle était passée avant l'arrivée de Suzanne et ne s'était pas occupée d'elle. Lucie ferma les yeux, elle entendit les autres fillettes bouger dans leurs lits; à quoi pensaient-elles? Lucie n'en savait rien. Une nuit, les jumelles Bastien s'étaient mises à faire les folles, à se lancer des oreillers et à se poursuivre d'un bout à l'autre du dortoir en criant comme des «sauvages», avait dit la sœur, puis elle les avait punies: interdiction d'aller dans leur famille pour les vacances de Pâques. C'était d'autant plus cruel qu'outre les grandes vacances d'été, les jumelles n'allaient chez leurs parents qu'à Noël et à Pâques parce qu'ils habitaient très loin. Les jumelles avaient beaucoup pleuré, mais les religieuses n'avaient pas cédé. Lucie essaya de s'endormir avec des prières récitées bout à bout, sans queue ni tête, juste pour le rythme engourdissant des saints qui se suivent à la queue leu leu. Elle s'endormit. Et les images terrifiantes ne tardèrent pas à venir compromettre son repos.

C'est le matin. Lucie entre dans le réfectoire, une grande salle avec deux très longues tables. Elle est entrée toute seule, contrairement à l'habituel rang qui déferle, silencieux, du dortoir au réfectoire. Les autres sont déjà là, mais elles ne mangent pas; elles sont massées devant les grandes fenêtres à battants, elles regardent dehors. Lucie est assise devant le seul couvert mis. Une antique religieuse, rapetissée, tassée, bossue s'approche avec deux énormes pichets en fer-blanc:

«Du lait ou du chocolat chaud?» demande-t-elle à l'enfant.

«Le chocolat chaud est fait avec de l'eau et c'est méchant», pense l'enfant. Elle dit «du lait» en présentant son verre.

La sœur verse le lait. Lucie prend une gorgée: le lait est aigre. Il lui donne envie de vomir.

«Mère!» crie l'enfant à la religieuse qui s'est déjà éloignée.

La vieille se ramène avec ses cruches.

«Le lait n'est pas bon», fait l'enfant avec une moue de dégoût.

«Allons, mon enfant, ne dites pas de sottises», rétorque la sœur sans perdre son calme.

L'enfant insiste: «Goûtez-y, vous allez voir...» répond-elle en tendant son verre à la religieuse.

La sœur se redresse, immense, elle tonne: «On vous connaît, mademoiselle! Une forte tête! Ceci est le lait du bon Dieu. Pour qui vous prenez-vous? Vous devriez avoir honte. Tenez et buvez-en toutes, car ceci est mon corps», pontifie-t-elle, en versant du lait infect dans le verre de Lucie.

Les céréales mollissent dans le bol, on ne distingue plus la bordure dentelée des flocons de maïs, tout s'est agglutiné dans un magma répugnant. Lucie avale avec peine la bouillie qui coule sur son menton en regardant les autres filles regroupées devant les fenêtres. Que se passe-t-il dehors? Elle ne peut pas bouger, quelque chose la retient à sa chaise, à sa bouillie. «Pssst! Pssst!» fait-elle en direction d'un groupe.

Une fille se retourne et la regarde, indifférente.

«Qu'est-ce qu'il y a?» demande Lucie à voix basse en articulant bien pour que l'autre lise sur ses lèvres. L'autre ne répond pas et se retourne vers la fenêtre. Des cloches sonnent. La cloche des morts, entrecoupée de longs silences pesants. Ça n'arrête pas, les cloches ne volent pas comme elles le devraient. Un nœud se forme dans la gorge de Lucie; ce ne sont pas les céréales, c'est le glas. Lucie regarde la petite vieille sœur avec ses deux cruches, debout à l'extrémité de la longue table, qui attend. Elle fait signe à Lucie de manger. Lucie n'a pas faim. Que se passe-t-il dehors? Elle glisse sous la table et rejoint le groupe des spectatrices. Lucie ne

voit rien. Elle essaie de se frayer un chemin entre les uniformes noirs; personne ne cède sa place. Elle se fait petite et passe entre les jambes des filles, arrive devant la fenêtre, mais la bordure est trop haute: Lucie ne voit que le mur blanc. Tout à coup des mains la soulèvent, des mains qu'elle ne voit pas. Dehors, les peupliers dénudés balancent leurs cimes dans le ciel gris et venteux. On dirait qu'il va neiger. La cour du couvent est déserte. Lucie vient d'apercevoir tout au fond la sœur jardinière, à l'entrée de son jardin, avec un énorme bouquet de tulipes multicolores, qu'elle lui tend en souriant, mais Lucie ne peut la rejoindre, la vitre les sépare. Elle essaie d'ouvrir la fenêtre, celle-ci ne veut pas céder; elle se bat avec le loquet qui pèse une tonne. Elle tape de ses poings dans la vitre; elle crie, mais aucun son ne sort de sa bouche.

Un cortège de religieuses surgit de l'autre côté de la cour. Elles sont enveloppées dans leurs voiles noirs qui descendent jusqu'aux reins. Par-dessus leurs longues robes noires, elles ont la taille cintrée d'un chapelet qui bat du crucifix contre leurs cuisses en suivant la cadence régulière de leurs pas mesurés. Elles avancent lentement, les mains jointes.

La fenêtre vient de céder, Lucie court vers la jardinière; elle a disparu. L'enfant est seule devant la clôture du jardin et le cortège vient vers elle. Au centre du cortège, il y a des hommes qui portent au-dessus de leurs têtes deux caisses de bois rectangulaires. C'est un enterrement, pense Lucie. La sœur en tête du cortège passe à côté de la petite fille, lui caresse la joue et lui dit: «Ne pleure pas.»

Mais Lucie ne pleure pas.

«Ils reposent en paix», dit encore la sœur en prenant la fillette par la main. Lucie veut voir ce qu'il y a dans les caisses, mais on ne veut pas le lui mon-

trer. Le cortège traverse le jardin et débouche dans le cimetière des religieuses. Le vent soulève robes et voiles qui viennent fouetter le visage de l'enfant. Les religieuses se sont arrêtées devant un trou, un trou profond et noir. Les porteurs s'avancent avec les cercueils misérables et les déposent au fond du trou. Les cercueils ne sont pas fermés: Lucie aperçoit sa mère couchée dans le premier et son père dans le second. Elle crie.

«Chut... chut... c'est fini, là... fini... chut...» Suzanne s'était levée, avait pris la tête de l'enfant contre sa poitrine et la berçait. La petite était toute secouée de spasmes.

«Ils sont morts», dit-elle à Suzanne.

«Qui ça?»

«Papa et maman.»

«Mais non, ils ne sont pas morts. Ils sont à la maison. C'est un mauvais rêve. Chut...»

«Je les ai vus! Ici, dans le cimetière du couvent.»

«Chut... c'est un rêve... calme-toi... Ferme les yeux... Dors... dors...» fit la grande sœur en replaçant les draps. Elle se rassit sur le lit de la petite en attendant que celle-ci se rendorme. Elle lui caressa la tête en répétant, de plus en plus bas: «Chut... chut...» Quand le souffle de l'enfant redevint régulier, Suzanne regagna son lit.

Le rêve continua sans elle. *La petite vieille sœur du réfectoire jette de la terre dans la bouche ouverte de la mère de Lucie. L'enfant veut l'arrêter, elle donne des coups de pied dans les tibias de la religieuse, des coups de poing dans son ventre, mais la sœur continue et le visage de la morte se recouvre de terre.* Lucie se réveilla en pleurant.

Suzanne essaya encore de la calmer, avec les mêmes gestes. Les spasmes s'amenuisèrent, les larmes finirent par se tarir. Lucie supplia sa sœur: «Joue avec moi... s'il te plaît!» Suzanne soupira. Elle se coucha dans le même lit que Lucie et l'enlaça. La petite ferma les yeux. Suzanne défit les boutons de la chemise de nuit, elle embrassa la peau qui apparaissait dans l'échancrure, puis elle monta vers le visage de l'enfant. Les yeux, le nez, les joues; puis elle finit sur la bouche avec douceur. Suzanne fut prise d'une rage subite et se mit à embrasser sa sœur avec violence, elle glissa une main sous la chemise de nuit, caressa l'intérieur d'une cuisse, remonta jusqu'au sexe lisse. Lucie se laissa faire, mais elle avait envie de pleurer. Ce n'était pas comme ça, dans les films d'amour. Le baiser de Suzanne ne la reposait pas, au contraire, il lui faisait peur. Une vraie peur cette fois, comme celle que lui inspiraient Lucifer et son cortège de diables à la queue fourchue et brûlante. Une peur comme la peur du Mal. Il n'y avait plus de jeu dans le halètement de Suzanne, ou alors c'était un nouveau jeu dont elle ignorait les règles. Son corps se raidit, elle retint ses larmes.

Dans son emportement, Suzanne n'avait pas vu venir la surveillante. La lumière d'une lampe de poche emprisonna les deux visages. Lucie ouvrit les yeux: derrière le faisceau elle vit les contours du diable. Elle poussa un cri et s'évanouit.

La direction du couvent convoqua les parents; il y eut de nombreux conciliabules, les parties négocièrent longuement: les enfants ne furent pas renvoyées (le père était un notable de la ville), mais on ne laissa plus jamais Suzanne coucher dans le même dortoir que Lucie.

Suzanne se fit rebelle quand on lui demanda, devant le comité de discipline, de dire ce qu'elle avait fait à la petite, comment? pourquoi? quelles idées avait-elle mises dans la tête de sa jeune sœur? etc. Elle commença par se renfrogner, puis elle dit, sans sourciller, sans faiblir, qu'elle avait tout simplement voulu calmer sa petite sœur qui était une enfant très sensible, mais qu'elle n'avait rien fait de mal. Personne ne la crut. Elle eut droit à un long palabre culpabilisant sur la confiance trahie, puis on lui fit bien comprendre qu'une récidive, avec quelque jeune fille que ce fût, serait passible de renvoi définitif. Suzanne garda l'air de la dignité outragée tout au long de l'interrogatoire. Après quelques nuits au cours desquelles elle fut l'objet d'une surveillance étroite, on finit par la laisser tranquille. Elle regretta son statut privilégié, les courses folles dans le couvent endormi, mais la culpabilité n'eut pas de prise sur elle. À dix ans, elle avait déjà abandonné l'espoir d'arriver au Ciel à la manière des saintes, blanche et pure. Les tentations étaient toujours trop fortes, et y succomber trop enivrant: elle en avait donc conclu que ces plaisirs immédiats et faciles valaient mieux qu'un Ciel hypothétique et trop difficile à atteindre. La plus grande faute qu'elle se reprocha fut de n'avoir pas eu l'audace de percer le mystère des cellules secrètes des religieuses. Elle soupçonnait qu'il se passait là des choses encore plus inavouables que dans le dortoir des petites. Sinon, pourquoi les sœurs se cachaient-elles?

Les religieuses réussirent à convaincre Lucie qu'elle avait commis des actes mauvais et hautement répréhensibles. Il y en eut même une pour laisser entendre qu'il n'en fallait pas plus pour aller en enfer; une autre dit qu'il n'était pas étonnant que Lucie ait les yeux aussi cernés. Lucie crut d'abord que le jeu de l'amour pouvait tuer ses parents, puis après réflexion, elle conclut que son péché résidait dans l'étrange peur qu'elle avait ressentie cette nuit-là sous les caresses de sa sœur. Dans la classe de catéchisme, la titulaire fit un occulte sermon sur les péchés de la chair qui attirent la colère de Dieu, la colère qu'il faut craindre plus que toute autre, la foudre. Lucie comprit que ce sermon s'adressait à elle: la sœur n'arrêtait pas de la dévisager avec un air tantôt menaçant, tantôt compatissant. Il faut avoir pitié des pécheurs, comme Dieu a eu pitié de nous. Mais au confessionnal, Lucie ne sut quel péché avouer, alors elle les énuméra tous: le mensonge, l'orgueil, la calomnie, l'envie, la jalousie, le vol, le pardon — «Mais le pardon n'est pas une faute, mon enfant. Au contraire, il *faut* pardonner. Continuez», avait dit la voix douce de l'aumônier —, la désobéissance, la cruauté, le manque de charité, l'avarice, l'impureté, la colère, la paresse, la gourmandise, le blasphème... tous. Pour ce qui est du nombre de fois où elle avait commis tel ou tel péché, Lucie tira les chiffres au hasard. Elle récolta une très grosse pénitence — l'aumônier crut que sa plus grande faute était le mensonge — qui la fit s'agenouiller plus longtemps que les autres dans la chapelle du couvent. On lui dit que pour retrouver sa pureté originelle, elle devrait prier beaucoup.

V

Le souffleur

LUCIE A REPRIS SON RÔLE de serveuse. Un client attablé dans un coin du club l'a réclamée. Elle apporte son petit tabouret, son marchepied, son piédestal — sa scène privée. Quand elle descend de la scène centrale, Lucie laisse tomber son cygne pour entrer dans la peau de son personnage de serveuse et, comme le dit si bien l'annonce en néon au-dessus de la porte d'entrée, elle «danse à votre table».

«Je te trouve pas mal belle déguisée en oiseau... Ça t'tenterait pas de venir chez nous me faire ton numéro... une fois... en privé? juste pour moi tout seul? Tu seras ben payée, fais-toi-z-en pas. Chus pas cheap.»

Il agite un billet de vingt dollars pincé entre l'index et le médius.

«C'est un acompte ou c'est pour tout de suite?» demande Lucie en se tortillant un peu.

«Tu l'sais que j'aime ça le voir ton beau p'tit cul...» dit-il avant de passer lentement sa langue sur sa lèvre supérieure.

Lucie sourit et grimpe sur son socle. Elle est face à l'homme qui la dévore du regard. Elle le connaît, il vient régulièrement au club et demande toujours la même chose. Elle se déhanche du mieux qu'elle peut sur la musique disco choisie par la danseuse maintenant en piste. L'homme lui fait signe de se pencher. Il lui halète à l'oreille: «Tu me fais languir... je veux te voir tout nue.»

Lucie fait glisser son maillot au rythme de la musique et le remet au client qui y fourre son visage. Elle ne garde que ses escarpins dorés.

«Touche-toi», demande encore le client.

Lucie pose les deux mains sur ses hanches qui ondulent, puis sa main droite descend lentement le long de la face interne de sa cuisse droite pendant que sa main gauche monte couvrir son sein gauche et l'enserre un peu. La main droite remonte alors de la cuisse jusqu'au sein droit et les deux mains se rejoignent au milieu de la poitrine pour monter ensemble vers la gorge, glisser de chaque côté du visage et se perdre dans la chevelure rousse. Lucie renverse la tête dans une fausse extase pendant que ses mains retournent s'unir entre ses seins avant de se séparer encore, chacune allant couvrir la pointe d'un mamelon. Elles continuent leur descente, lentement, en épousant les contours des flancs, hésitent un peu dans le creux de la taille, puis continuent jusqu'aux hanches qui ondulent dans une rotation de plus en plus large. Les mains vont se rejoindre encore sous le nombril et se dirigent infiniment lentement vers l'entrecuisse. Les doigts jouent dans la toison rousse et brillante. Lucie ouvre les jambes un peu plus et caresse de ses deux mains la face interne de ses cuisses, là où la peau est la plus douce, là où sont tatoués les jeux sensuels de son enfance. Lucie ferme les yeux. Le client y voit de l'abandon:

«T'aimes ça, hein? Continue... tu me fais bander... C'est cochonnes comme toi que je les aime... Touche-toi...»

À quoi servirait de lui expliquer? Et puis, il payera mieux si elle laisse intacts ses préjugés sur le plaisir qu'elle prend. Elle ouvre son sexe en écartant les lèvres de ses doigts; son médius suit le contour des petites lèvres, fait rouler le clitoris et disparaît dans le sexe ouvert.

«T'aimerais pas ça si c'était ma langue?» halète encore le client.

Lucie ouvre les yeux. L'homme a ouvert sa braguette et caresse vigoureusement sa verge dévoilée.

«Vous avez pas le droit de faire ça ici», fait Lucie, sans reproche.

«Personne peut nous voir. Continue. Tourne-toi de bord, comme ça tu sauras rien. Tourne-toi, mets-moi ton cul dans la face.»

Lucie pivote sur elle-même. Elle entend encore l'homme dans son dos: «Penche-toi.»

Elle se penche sans arrêter de faire rouler son bassin. Elle a posé une main sur chaque fesse et tend la peau vers l'extérieur pour offrir une vue encore plus nette à son client. L'homme se met à souffler sur ce sexe qu'il arrive presque à toucher de ses lèvres. Lucie ressent comme un vent tiède qui soudain se brise sur les parois ouvertes de son sexe; elle se laisse caresser par cette brise qui remonte jusque dans son ventre et le réchauffe. Elle sent ses lèvres s'humecter, elle entend le souffle court du client, elle sait qu'il sera bientôt au bout de son désir; il le lui dira, prosaïquement: «J'suis venu...» et il ajoutera quelques billets pour la remercier de cette jouissance furtive. Elle voit la salle, la danseuse sur la scène qui est maintenant couchée sur le dos, qui soulève et ouvre les cuisses en passant une main sur son sexe; elle voit les clients qui regardent en tétant leur bière. Un homme dont elle ignore le prénom est en train de souffler sur son sexe. Elle sait que tout cela est dérisoire, mais elle ferme les yeux pour mieux goûter cet alizé qui monte dans son ventre, plus doux qu'une main, plus doux qu'une langue, quelque chose comme un voile invisible qui l'enveloppe. Elle se penche un peu plus. La bouche de l'homme est tellement proche... mais il se retient, il sait qu'il n'a pas le droit de toucher, ni avec sa langue, ni avec ses mains. C'est cela qui l'excite: l'avoir si près et ne pas pouvoir y fourrer la langue, le sentir mais ne pas pouvoir le pénétrer.

«On peut-tu se voir après ton shift?» demande le client à Lucie qui est redescendue de son piédestal. Il prend son air de chien battu et le ton suppliant d'un enfant coupable tout en lui mettant quelques billets roulés dans la main. Lucie l'embrasse sur le front et lui dit, avant de s'en aller:

«Vous le savez que je fais pas de clients. Si vous voulez me voir, c'est ici.» Elle voudrait ajouter: «J'suis une actrice, pas une prostituée», mais il ne comprendrait pas et elle se sentirait ridicule.

❑

«À force de te faire souffler dans le cul, t'as pas peur de partir en baloune?» taquine Linda, une autre danseuse, en croisant Lucie entre deux tables.

Lucie sourit tristement. Elle se dit qu'elle fait un métier absurde, qu'elle a fait de son corps un pantin grotesque qui se désarticule dans les simulations amoureuses. Elle habite son corps comme un pays étranger. Elle vit dans un ghetto, cachée dans la mémoire de ce corps, enfermée dans le souvenir d'un rituel dont elle cherche infatigablement les échos en trafiquant les gestes de l'enfance. Prisonnière complaisante de ses illusions déçues et résistant encore devant les truismes arrogants d'un monde adulte et usurpateur. Elle s'est elle-même réduite à la position saugrenue de celle qui se «fait souffler dans le cul» afin d'éprouver cette étrange sensation qui la ramène, sur un fil ténu, à un instant volatil de son enfance.

«Trois Molson, une Cinquante», demande Lucie à la barmaid.

«T'as pas l'air dans ton assiette à soir, c'est à cause de Gérard?» demande la barmaid en posant les bouteilles et les verres sur le plateau de Lucie.

«Non, non. Ça va... T'aurais pas vu une femme entrer pendant que je dansais là-bas?»

«Non. T'attends quelqu'un?»

«J'en ai bien peur... Quelle heure est-il?»

«Dix heures et quart.»

«Merci.»

VI

La chair meurtrie

«Est-ce que ça te fait mal quand tu te couches sur le ventre?» demanda Lucie à sa sœur qui se déshabillait avant de se mettre au lit.

«Quoi?» fit mollement Suzanne.

«Ça, là», fit la plus petite, en pointant du doigt la poitrine déjà formée de sa grande sœur.

«Eh que t'es niaiseuse! Ça, ça s'appelle des seins. Et ça fait pas mal.»

«Pourquoi tu saignes d'abord?» demanda encore Lucie, étendue sur son lit, la tête appuyée sur son bras replié.

«Je saigne pas. T'es folle!»

«Menteuse. L'autre fois, je l'ai vu», dit Lucie calmement.

«T'as vu quoi?»

«Une espèce de gros kleenex plein de sang... Wouach», répondit Lucie en indiquant l'entrecuisse de sa sœur.

«Franchement...» fit Suzanne en levant les yeux au ciel. Elle laissa tomber ses vêtements par terre et s'assit sur son lit, face à sa petite sœur. «C'est pas du sang, c'est des menstruations. C'est pas une maladie et ça fait pas mal. Toi aussi, ça va t'arriver.»

«Jamais, lança Lucie, sur un air de défi, ça m'é-cœure.»

«De toute façon, t'as pas le choix», fit Suzanne en se glissant sous ses draps.

«J'aurai jamais de seins. Je serai jamais mens-truée», s'entêta encore la plus jeune.

«Pis tu resteras un enfant toute ta vie», fit Suzanne.

«Exactement.»

«Tu sais pas ce que tu dis. T'es trop jeune.»

«C'est toi qui es trop vieille.»

«Bon, j'ai assez écouté de niaiseries pour ce soir. Bonne nuit quand même», conclut Suzanne en étei-gnant sa lampe de chevet.

Lucie resta allongée sur son lit avec un magazine ouvert qu'elle ne lisait pas. Elle regardait fixement la tête de sa sœur qui lui avait tourné le dos. Elle ne bou-geait pas. Suzanne finit par se retourner: «Qu'est-ce que t'as encore à me regarder comme ça?»

«Rien. Je me demandais pourquoi tu te couchais pas sur le ventre si ça fait pas mal», fit Lucie, provocatrice.

«Parce que j'en ai pas envie. Ferme ta lumière avant que papa vienne la fermer pour toi.»

«Ma lumière dérange personne.»

«Oui. Moi. J'ai besoin de dormir.»

«C'est tes seins qui te fatiguent.»

«Vivement que les vacances finissent, pis qu'on retourne pensionnaires!» soupira Suzanne en se retour-nant encore dans son lit.

Lucie éteignit sa lampe et se glissa sous les draps. Elle n'avait pas sommeil. Toutes ces histoires de seins la dérangeaient beaucoup. Souvent, elle fouillait dans les tiroirs de sa sœur, prenait un soutien-gorge, le bour-rait avec des chaussettes, des slips, n'importe quoi, et l'agrafait dans son dos. Elle se regardait de profil dans la glace et se trouvait laide. Elle passait un pull: ce n'était guère mieux. Elle pensait que ces bourrelets de chair, qui avaient déjà commencé à pousser sur son corps, allaient bientôt entraver sa liberté; elle ne pourrait plus courir ni sauter avec ces deux ballons inutiles accrochés à son cou. Elle ne pouvait déjà plus se promener torse nu comme les garçons de son âge; elle porterait un soutien-gorge comme une prothèse pour une infirme. Elle se coucha sur le ventre, écrasa sa poitrine de toutes ses forces, de moins en moins sûre de l'efficacité de ce traitement. Ces derniers temps, elle avait pris un peu de poids et il lui semblait que la graisse s'était agglutinée sur sa poitrine plus que partout ailleurs. Elle essayait de le cacher, mais ses frères n'avaient rien manqué. Ils la taquinaient: «Lucie les prunes», chuchotaient-ils en riant sous cape. À la piscine aussi, les autres l'avaient remarqué. Si bien qu'elle n'y allait plus aussi souvent, elle qui aimait pourtant la natation plus que tout autre sport. Et de sport, elle en faisait de moins en moins. Elle s'adonnait plutôt à des activités intellectuelles et solitaires, essayait d'oublier ce corps qui lui devenait de plus en plus étranger; un jour, sa mère lui dit qu'elle était à l'âge ingrat. Elle ne comprit pas. Ingrat comme gras? comme boutons? mais elle avait une peau claire et douce, sans aucune trace d'acné! Ingrat comme dans «ma bande d'enfants ingrats» que lançait parfois sa mère quand ses enfants la décevaient.

«Qu'est-ce que ça veut dire ingrat?» demanda-t-elle à sa sœur dans l'obscurité.

«Hein?» Suzanne se tira avec peine d'un sommeil débutant.

«Qu'est-ce que ça veut dire ingrat?» répéta Lucie sur le même ton.

«Ingrat? C'est comme toi qui empêches les autres de dormir», répondit la plus vieille, exaspérée.

«Est-ce que ça vient du latin?» demanda encore Lucie.

«Je le sais-tu moi?» fit Suzanne en donnant des coups de poing dans son oreiller.

«Tu fais pas du latin et du grec à l'école?» houspilla la petite.

«À l'école. Pas dans mon lit. Bonne nuit.»

«Pis l'âge ingrat, c'est quoi?»

L'autre ne répondait plus. Lucie s'assit dans son lit, ralluma sa lampe. «Je t'ai posé une question», dit-elle sur un ton autoritaire d'enfant gâté.

«Je le sais, mais je peux pas t'entendre: je dors.»

«Je ne te laisserai pas dormir tant que tu ne me l'auras pas dit.»

«Bon... mais c'est la dernière question pour ce soir», se résigna Suzanne. Puis elle entreprit, sur un ton mi-magistral mi-amical, d'expliquer à sa sœur: «L'âge ingrat, c'est quand on pense que personne nous aime... qu'on se trouve pas beau, pas fin, pas intelligent... qu'on pense qu'on a été adopté... qu'on se sent rejeté. Est-ce que ça te suffit?»

«Pourquoi maman dit que j'ai l'âge ingrat?»

«Parce que t'es pas endurable!»

«Tu penses que j'ai été adoptée?»

«Ben non! Tu ressembles à papa comme deux gouttes d'eau.»

«Tu trouves?»

«Oui, je trouve.»

«Pourquoi je suis la seule à avoir les cheveux roux?»

«Parce que t'es la seule qui ressemble autant à papa. Est-ce que je peux dormir maintenant?»

«Non. Encore une question: c'est qui le gars que tu vas retrouver le soir au centre d'achats?»

«C'est pas de tes affaires.»

«C'est ton amoureux?» taquina Lucie.

«Ça ne te regarde pas.»

«Pourquoi d'abord tu l'as embrassé?»

Suzanne se redressa dans son lit: «Ma petite maudite. Répète jamais ça à personne.»

«C'est un secret?»

«Si tu veux.»

«Comme les films d'amour?»

«Comme quoi?»

«Laisse faire, je me comprends.»

«Que j'apprenne jamais que t'as bavassé parce que tu vas le payer», menaça la grande sœur.

«O.K., O.K., j'ai compris. Énerve-toi pas... Bonne nuit.»

«Bonne nuit», maugréa Suzanne.

Lucie éteignit sa lampe. Les corps se tassèrent dans leurs lits respectifs, cherchant une place pour passer la nuit. Lucie avait su ce qu'elle voulait savoir au risque de se blesser. Il y avait bien un mois qu'elle voyait sa sœur, marchant main dans la main avec un garçon un peu plus vieux qu'elle. Ils se donnaient rendez-vous au centre d'achats comme la plupart des jeunes du voisinage, et se dirigeaient ensuite dans un coin sombre. Lucie les avait suivis et avait épié leurs baisers. Elle s'était retenue de poser la question qui confirmerait ses doutes les plus cruels. Jusqu'à ce soir-là, elle avait encore espéré que sa sœur ne la trahissait pas. Qu'elle n'avait pas trahi leurs jeux. Dans son énervement, dans son empressement à dire qu'il s'agissait d'un secret, Suzanne venait de révéler sa trahison: Lucie savait maintenant que son ancienne compagne de jeux avait dévoilé à un parfait étranger les mystères du plaisir rassurant qu'elle lui avait donné à elle quand elle était plus petite. Bien qu'elles aient depuis longtemps abandonné leur jeu d'amour — depuis l'épisode du dortoir qui l'avait laissée terriblement coupable et inquiète —, Lucie s'imaginait qu'elle était encore la partenaire secrète et exclusive de sa sœur. Ce soir-là, ses illusions venaient de s'évanouir d'un seul coup.

«Je pense à ça: tu m'as espionnée!» lança soudain Suzanne en rallumant sa lampe.

Lucie ne se laissa pas décontenancer, elle répondit sur un ton d'indifférence: «N'importe qui aurait pu vous voir. J'ai pas fait exprès.»

«Hypocrite!» lâcha Suzanne en fronçant les sourcils.

«C'est toi l'hypocrite. C'est toi qui te caches», rétorqua calmement Lucie.

«Tu sais très bien ce qui arriverait si papa le savait», essaya Suzanne en guise d'excuse.

«Qu'est-ce qui arriverait?» demanda Lucie intéressée.

«Il m'empêcherait de sortir le soir.»

«Ça te ferait vraiment de la peine?»

«Ben oui. C'est normal. Je ne suis plus un bébé, j'ai le droit de sortir à l'heure que je veux et de voir qui je veux», se rassura la plus vieille.

Lucie, après un moment de silence, glissa hors de son lit et demanda, l'œil allumé: «Ça te tenterait-tu de manger des cornichons?»

«Ouais... mais c'est à ton tour d'aller les chercher.»

«Ça sera pas long», lança Lucie avant d'ouvrir la porte de la chambre.

La maison dormait. L'enfant marcha sur la pointe de ses pieds nus. Le plus difficile était de descendre au rez-de-chaussée sans faire craquer une marche. Ensuite, il ne restait plus qu'à descendre à la cave où l'escalier ne craquait pas...

La chambre froide était au fond de la cave à droite, il y faisait noir et humide. La porte grinça un peu sur ses gonds, mais d'en haut on ne pouvait pas l'entendre. D'énormes pots de cornichons s'alignaient le long du mur avec d'aussi énormes pots d'olives farcies. Des cornichons maison que sa mère faisait en grandes quantités et des olives qu'on gardait en prévision des partys que les parents donnaient pour les amis (ou les clients éventuels). Les marinades, c'était leur péché mignon à elle et à Suzanne. Elles allaient régulièrement, à tour de rôle, en piquer un pot à la cave. Elles croquaient des cornichons et suçaient des olives jusqu'à tard dans la nuit en parlant à voix basse. Elles se sont faites prendre une fois à ce jeu, mais quand on est habitué à l'autorité ferme des religieuses, les réprimandes molles de la mère ne suffisent pas à empêcher la récidive. Elles faisaient plus attention, c'est tout.

Lucie prit un pot de marinades dans chaque bras et remonta précautionneusement les escaliers. La remontée fut plus difficile, évidemment, puisqu'il ne fallait surtout pas échapper les pots. Mais Lucie sentit à peine leur poids, tant elle était heureuse: sa sœur n'avait pas oublié leur complicité pour les concombres marinés: elle avait accepté son offre. Il leur restait donc encore quelque chose en commun. L'étranger avait volé les baisers, mais il leur restait encore l'amitié.

Lucie poussa la porte de la chambre en souriant largement. Suzanne l'aida à poser les pots par terre, entre les deux lits. Une fois débarrassée de sa charge, elle retourna fermer la porte, puis s'assit sur son lit dans la position du lotus, face à sa sœur qui avait pris la même position après avoir ouvert les deux pots de marinades. Lucie prit une olive, la regarda pensive, avant de sucer le morceau de piment rouge au milieu. Elle dit: «Maman dit qu'il faut pas manger d'olives parce que ça donne la cellulite. C'est quoi la cellulite?» et elle engloutit l'olive sans attendre la réponse.

Suzanne fit craquer un gros cornichon avant de répondre: «C'est des trous dans la peau... sur les cuisses.»

«Wouach! Des gros trous?»

«Non, des petits trous comme sur la peau d'une orange. Ça fait pas mal, mais c'est pas beau.»

«Comme des seins, quoi.»

«T'es ben fatigante avec ça! Pourquoi ça te dérange tellement?»

«Parce que j'en veux pas.»

«Tu sais pas ce que tu manques...» rétorqua la plus vieille tout en mastiquant un cornichon sonore et en souriant d'aise.

«Qu'est-ce que tu veux dire?»

«Tu le sauras quand t'en auras des vrais», répondit Suzanne du haut de ses quinze ans.

Lucie prit le temps de bien mastiquer son cornichon avant de répliquer: «Je le sais ce que tu veux dire. J'ai vu des filles l'autre fois dans le petit bois à côté de la piscine qui se faisaient pogner les seins par les gars.»

«On dit pas pogner, mais caresser.»

«Tu dis ça parce que tu les as pas vues.»

«Est-ce que tu penses que ça leur faisait mal?»

«Je sais pas si ça leur fait mal, mais je sais que ça les rend baveuses. Elles me regardent de haut. Comme toi quand tu dis: «Tu le sauras quand t'en auras des vrais», ou bien: «T'es trop jeune». Elles me traitent en bébé.»

«C'est vrai que des fois t'es pas mal bébé...» renchérit Suzanne sur un ton affectueux.

Lucie haussa les épaules et plongea dans le pot de cornichons. Elle se redressa, posa sa question au cornichon qu'elle tenait entre le pouce et l'index: «Pourquoi elles se font pogner?»

«Caresser. Pour le plaisir», répondit Suzanne, amusée par la naïveté de sa petite sœur.

«En tout cas... si elles ont du plaisir, ça paraît pas.»

«Sinon elles le feraient pas, voyons.»

«Pourquoi qu'après elles se mettent à regarder par en dessous comme si elles avaient fait quelque chose de mal? qu'elles veulent plus faire de longueurs dans l'eau? qu'elles arrêtent pas de se tortiller en marchant autour de la piscine comme si elles avaient mal au ventre?

pourquoi qu'elles sont rouges comme des tomates pis qu'on dirait qu'elles savent plus nager? On dirait qu'elles ont perdu quelque chose. Je ne vois vraiment pas pourquoi elles s'imaginent mieux que les autres.»

Suzanne se contenta de sourire en engloutissant une olive.

«En tout cas, c'est pas comme dans les films d'amour», reprit Lucie comme pour elle-même.

«Comment ça?»

«Dans les films d'amour, c'est calme, c'est tranquille, la femme a des beaux yeux et un beau sourire, comme ça (la petite imita le sourire plastique des actrices) et l'homme la regarde comme ça (elle imita le regard doux des amants éperdus, Suzanne se retint de rire). Mais à la piscine, les filles deviennent tout énervées et ne regardent pas les garçons dans les yeux, pis les gars, c'est encore pire, ils baissent les yeux. Ou pire encore: ils font des clins d'œil à leurs amis. Moi, j'pense que le plaisir, c'est pas ça. Ça doit être tout noir comme la nuit, comme quand on dort bien, qu'on rêve pas...» Après une pause, elle ajouta craintive: «Toi, te fais-tu pogner comme elles?»

«Pas pogner, caresser.» Suzanne rougit.

«Pas besoin de le dire: ça se voit dans ta face, t'es toute rouge.... Pis? qu'est-ce que ça te fait?»

«Du plaisir», confia Suzanne, incertaine.

«Quelle sorte de plaisir? Comme de manger des cornichons?»

Suzanne hésita un peu, regarda sa sœur un moment, puis finit par dire: «Ça s'explique pas. Il faut que tu le vives. Ça viendra.»

«Ça m'étonnerait, puisque j'aurai jamais de seins.»

«Ben voyons, t'as déjà commencé.»

«J'vais les arrêter.»

«T'es bébé, c'est incroyable! Tu t'inquiètes pour rien.»

«Je m'inquiète pas. J'veux juste pas en avoir des seins!»

«Mais pourquoi?»

Lucie haussa les épaules.

«Donne-moi au moins une raison.»

«Parce que c'est laid», finit-elle par dire.

«Au contraire, c'est beau, tout le monde le dit.»

«Qui ça, tout le monde? Les garçons?»

Suzanne ne répondit pas.

Lucie ajouta d'un ton péremptoire: «Les seins, c'est un péché de la chair.»

«C'est pas ça, un péché de la chair.»

«Oui c'est ça, c'est la chair qui devient plus forte que la raison, qui passe par-dessus ta volonté. Des seins qui poussent quand tu veux pas, c'est un péché de la chair... T'as jamais remarqué que les sœurs en ont pas?»

«Elles en ont comme tout le monde, sauf qu'elles les cachent.»

«Pour ne pas offenser Dieu», rétorqua la petite en pointant l'index vers le plafond.

«Ma parole! T'es mûre pour entrer chez les sœurs!»

«Je ne peux pas.»

«Pourquoi?»

«Parce que j'aime trop les cornichons, ça m'empêche d'entendre l'appel de la vocation.»

«J'pense qu'il serait temps de te sortir du couvent.»

«Les sœurs sont pas menstruées non plus.»

«Tu peux pas le savoir. Tu les vois pas quand elles se déshabillent.»

«Je le sais quand même. Elles sentent pas.»

«Les menstruations, ça sent pas!»

«C'est toi qui le dis.»

«Je le dis parce que je le sais. Tu verras bien quand ça t'arrivera.»

«J'ai mal au ventre.»

«Avec tout ce que tu viens de manger, c'est normal. J'pense que ça suffit pour ce soir. Astheure, il faut que tu redescendes les pots sans te faire pogner.»

«Caresser.»

«Niaiseuse.»

Suzanne referma les pots, les posa dans les bras de sa sœur et lui ouvrit la porte sans bruit. La nausée rendit l'expédition encore plus périlleuse. Lucie ne voyait pas bien dans les escaliers sombres, elle cherchait le bord des marches avec son pied nu, à la manière des aveugles. Les pots lui semblaient devenus plus lourds même s'ils avaient été délestés d'une partie de leur contenu. La cave était encore plus froide, plus humide. Elle remit les contenants à leur place et compta le nombre de pots pleins qui restaient. Combien encore Suzanne accepterait-elle de partager avec elle au cours de ces nuits volées dans la complicité muette de leur chambre d'enfants? Dans une semaine, retour au pensionnat. Adieu veaux, vaches, cornichons, poulets, olives, couvées. Adieu ma sœur. Bonjour ma sœur, oui, j'ai passé de belles vacances.

Lucie se glissa sous les draps. Suzanne éteignit sa lampe.

«Bonne nuit.»

«Bonne nuit.»

Lucie se retourna cent fois dans son lit. Elle avait chaud, elle avait froid. Elle pensa aux seins, à la cellulite, aux filles au bord de la piscine. Elle avait mal au ventre. Trop de cornichons ou trop d'olives? Ses seins naissants étaient durs. Elle les coupera. Un homme va lui enlever sa sœur, elle le tuera. Elle finit pourtant par s'endormir.

Le lendemain matin, Lucie se réveilla avec une sensation désagréable: elle sentit son drap mouillé sous

elle. Elle n'avait quand même pas fait pipi au lit! Elle se
leva d'un bond, repoussa les draps d'un geste brusque.
Une tache brunâtre faisait un rond au milieu du lit.
Suzanne se réveilla à son tour et vit sa sœur age-
nouillée à côté de son lit. Elle remarqua la tache et
s'exclama, enthousiaste: «C'est parti? Eh t'es une
femme maintenant! Félicitations!» Mais Lucie pleurait:
«Non, c'est un accident... C'est une erreur... Ça ne
reviendra plus. Non. Mon Dieu, aidez-moi! J'ai juste
onze ans! Onze ans, Seigneur! C'est pas encore le
temps d'être une femme! Je vous en supplie, délivrez-
moi du mal...»

VII

Sur une chanson de Tom Waits

«C'EST À TON TOUR... pis pas de cygne, c'te fois-là...» fait Gérard à Lucie qui dépose son plateau de serveuse sur le bar. «Tiens, prends ça à la place», continue-t-il en lui tendant une cassette.

«Non, ce ne sera pas nécessaire, j'en ai une autre. Shirley, me passerais-tu la cassette que j'ai mise là, en dessous», demande Lucie à la barmaid.

«C'est quoi? Encore du ballet?» fait le boss méfiant.

«Ben non! Vous inquiétez pas, c'est plus moderne: Tom Waits.»

«C'est qui ça?»

«Un chanteur américain.»

«Ouais... Pis c'est quoi la toune?»

«Une vieille chanson: Tom Traubert's Blues.»

«Ça me dit rien.»

«Ça pourrait aussi s'appeler Waltzing Mathilda.»

«C'est une valse?»

Lucie éclate de rire: «J'vous parle de Tom Waits, pas de Strauss... c'est un blues.»

«Un blues cochon?» fait Gérard, soudain intéressé.

«Vous savez comme moi que ç'a rien à voir avec la musique. C'est dans la tête que ça se passe», dit Lucie en frappant son front de son index.

Le patron parcourt des yeux son club. Beaucoup de monde, c'est l'heure du *rush*. Avec la petite rousse, on ne sait jamais à quoi s'attendre; ça risque d'être différent, mais des fois, ça peut avoir du bon. Il faudrait quand même pas faire de conneries.

«Ouais. Ç'a besoin d'être bon, sinon, c'est ton dernier soir», fait-il sur un ton menaçant, mais mal assuré.

«Vous en faites pas, ça va être bon... même si c'est mon dernier soir», conclut Lucie en se dirigeant vers la scène.

Elle insère la cassette dans le petit magnétophone par terre dans un coin de la scène et met la machine en marche. Elle enlève ses escarpins dorés et s'avance sur le bord de la scène, à deux pouces du nez des clients attablés qui arrêtent, intimidés, de siroter leur bière. Elle pose des yeux pleins de tendresse sur eux, presque maternels.

Elle marque le périmètre de la scène en marchant *piano piano,* au rythme des premières mesures, en oscillant légèrement. Elle est si près des clients qu'elle pourrait presque sentir leur souffle tiède. *Wasted and wounded* chante la voix doublement écorchée de Tom Waits. *Adagio,* elle continue de marcher en regardant droit dans les yeux les hommes venus la voir. Cette fois, ce sont eux qui baissent les yeux; ou alors, ils sourient gauchement. Elle jette un coup d'œil au fond du club: Gérard est là, dans sa position habituelle de patron vigilant, accroché à son verre, au bout du bar. Elle lui tourne le dos pour continuer son tour de piste, puis elle se dirige, toujours du même pas roulant et glissant, vers le matelas rond, recouvert de peluche écarlate, posé à même le sol au centre de la scène. *Waltzing Mathilda.* Elle monte sur le matelas et avance jusqu'au milieu, point central de la scène d'où tous les spectateurs peuvent la voir. *The dogs are barking and the taxi cabs parking, that all they can do for me*. Elle s'agenouille face au public, ouvre les bras en croix et renverse la tête, les épaules, le buste, jusqu'à ce que ses omoplates touchent le matelas. *You tore my shirt open and I'm down on my knees tonight.* Alors elle déplie les jambes et se couche sur le dos, les bras toujours en croix. Elle roule ensuite sur le côté, ramène ses jambes sous elle et soulève le haut du corps. Tous ses gestes ne semblent procéder que d'un seul mouvement, comme une roue parfaitement équilibrée qui tournerait lentement sur son axe. *Waltzing Mathilda.* Elle défait les bretelles qui retiennent son maillot, puis de ses deux mains, le fait glisser jusqu'à sa taille. Elle se relève avec une légèreté, une souplesse et une précision dignes d'une Pavlova qui ressusciterait sur *Le Cygne,* et achève sa mise à nu. *Now I lost my St. Christopher now that I've kissed her.*

Debout sur son matelas, elle se caresse les seins, tend les bras au-dessus de la tête et exécute un lent, très lent grand écart. Elle garde sa position précaire un moment avant de se coucher sur le dos, les jambes larges ouvertes, livrant sans pudeur son sexe aux yeux muets et anonymes, à la paupière lourde, des spectateurs. *And the girls down by the strip tease shows go.* Elle tend les bras pour agripper ses chevilles écartelées et puis ses mains remontent lentement le long de la face interne de ses jambes, jusqu'à l'aine, jusqu'à la toison rousse et brillante qu'elles recouvrent un bref instant pour mieux la dévoiler à la seconde suivante; les mains se séparent et remontent chacune sur les flancs de la danseuse. Les jambes se referment, se replient et les pieds viennent se poser à plat sur le matelas. Lucie promène ses mains sur ses seins, sa gorge, son visage; elle se laisse encore rouler sur le côté, ramène ses talons sous ses fesses puis s'agenouille, dos au public. Elle pose ses mains à plat sur le matelas et se tient un moment à quatre pattes tout en ondulant des reins. Sa croupe se soulève comme celle d'une chatte en chaleur qui exciterait les mâles du quartier, puis Lucie s'assoit sur ses talons tout en gardant le haut du corps collé au matelas. Elle s'allonge sur le ventre. *And a wound that will never heal.* Elle tourne sur elle-même plusieurs fois sur la largeur du matelas et s'arrête sur le dos. S'aidant de ses bras et de ses jambes repliées, elle arque son corps, formant un pont sur lequel des dizaines d'yeux passent. Elle ouvre et referme les cuisses comme les ailes battantes d'un papillon tranquille. Elle glisse les épaules et la tête vers ses mollets puis fait basculer ses jambes au-dessus d'elle. D'une pirouette souple la voici maintenant sur le ventre face aux yeux qui la traquent dans toutes ses arabesques. Elle soulève le haut du corps à la manière du cobra qui se prépare à attaquer, *Good night to the street sweepers,* puis elle redescend se coller au matelas, vaincue. Elle roule encore une fois sur le côté, se replie sur elle-même, dans la position du fœtus, dos au public, ouvrant ainsi une perspective nette sur sa croupe ronde et sur son sexe qui se laisse deviner en amont de la raie des fesses.

Son numéro s'achève ainsi dans la langueur nostalgique des accords de violons. La salle semble satisfaite de cette prestation, elle applaudit, bien que timidement, elle applaudit. Phénomène rarissime.

Lucie se relève, ramasse son maillot et salue son public d'un signe de tête avant de reprendre son rôle de serveuse de bière tiède et de mensonges vulgaires, en se disant qu'il n'y a pas de sot rôle, il n'y a que de mauvais acteurs.

DEUXIÈME PARTIE

Les années d'apprentissage

VIII

Les deux sœurs se séparent

LUCIE ET SUZANNE avaient partagé la même chambre depuis toujours, chacune avait été le spectateur privilégié des drames de l'autre. Elles s'étaient tout montré, ou presque; tout dit, ou presque; elles avaient tremblé l'une contre l'autre quand les parents s'entredéchiraient à coups de poing, de pied et d'injures; elles avaient quelquefois réuni leurs voix pour implorer Dieu d'intercéder en leur faveur. Lucie avait appris l'amour dans cette chambre, du moins ce qu'elle avait compris être l'amour, conception qu'aucune expérience ne parviendrait jamais à égaler. Les deux sœurs avaient connu la complicité des nuits volées à coups de cornichons, d'olives ou d'oreillers. Puis vint le temps où Lucie cessa de harceler sa sœur avec ses questions et où Suzanne n'eut plus envie de se confier à sa sœur, devenue «trop jeune pour comprendre».

Pensionnaires les trois quarts du temps, les filles revenaient de fin de semaine en fin de semaine, et pendant l'été, retrouver l'air de jeune fille de leur chambre, mais elles se retrouvaient de moins en moins: la plus vieille absorbée par ses amours, la plus jeune absorbée par l'Amour. L'odeur de petites filles frottées à la savonnette avait été remplacée par l'odeur trouble de l'adolescence, puis, par celle, plus sirupeuse, des parfums pour jeunes filles en fleurs de Suzanne. La chambre avait cessé depuis longtemps d'être la chapelle ardente de leurs «amours incestueuses», de ce jeu d'amour qui n'avait d'ailleurs été qu'un très bref épisode dans leur vie; elle ressemblait maintenant plutôt à une cathédrale vide où les pas des promeneurs solitaires résonnent contre les voûtes. Quand elles étaient à la maison, Suzanne ne faisait qu'un saut dans la chambre, pour s'habiller, se pomponner, avant d'aller rencontrer son amoureux, tandis que Lucie s'y cloîtrait. Après qu'on lui eut annoncé qu'elle était enfin devenue femme, la plus jeune s'était repliée sur elle-même, s'abîmant dans la lecture et dans l'écoute de la musique, enfermée dans la chambre des journées entières. Lucie ne voulait pas sortir du giron de cette chambre, et l'insistance de sa mère qui trouvait cette attitude malsaine ne put rien y faire. Surtout pas après la lecture que la jeune adolescente avait faite des *Enfants terribles*. Elle lisait aussi les grands drames, où il est question d'amour plus fort, plus violent, plus fragile que tout; le plus grand sentiment, le plus noble et le plus dangereux aussi. Elle rêvait de Roméo et de Juliette, et pensait que le drame des amours de sa sœur était bien pâle et décevant en comparaison. Suzanne avait bien menacé son père de se suicider s'il l'empêchait de voir son amoureux, mais Lucie ne croyait pas qu'elle aurait eu le courage de le faire. Lucie, en voyant sa sœur rouge de colère contre son père, avait pensé qu'il était question bien plus de haine envers lui que d'amour pour le jeune homme.

La chambre des filles devait encore servir de théâtre à un autre épisode de la vie de Lucie: le départ de Suzanne. Après avoir fini plutôt mal que bien son cours classique, l'aînée de la famille partit étudier à

Montréal, à l'école des Beaux-Arts. Le jour du grand départ, la mère semblait en deuil — depuis deux semaines au moins, elle traînait sa larme à l'œil —, les garçons étaient insouciants, comme d'habitude dans les grands moments, le père ne tarissait pas de recommandations, tandis que Lucie s'efforçait de paraître indifférente. Elle aurait voulu blesser sa sœur, mais elle n'y parvint pas.

Suzanne finissait de ramasser ses affaires dans la chambre, Lucie la regardait, assise sur son lit:

«Tu peux laisser quelques affaires ici, pour quand tu vas revenir les fins de semaine», fit-elle en cachant mal le trouble que provoquait le grand vide que sa sœur était en train d'opérer dans la garde-robe, les tiroirs, sur le dessus de la commode...

«Peut-être pas *toutes* les fins de semaine. C'est loin Montréal...» rétorqua Suzanne.

«C'était pas trop loin quand il s'agissait d'aller voir ton chum», ironisa Lucie.

«Commence pas comme le père!» dit Suzanne agacée. Elle ajouta, en fourrant une pile de chaussettes dans sa valise: «J'comprends pas ce que vous avez à être tristes, vous devriez être contents! Vous devriez être fiers! J'ai été acceptée aux Beaux-Arts! Je vais devenir une grande artiste! Un jour, je serai célèbre et ma gloire rejaillira sur toute la famille!» et elle ouvrit les bras comme pour remercier une foule qui applaudit.

«Puis si tu devenais juste la blonde d'un peintre célèbre...» rétorqua Lucie cynique.

«Comment ça?»

«Ben voyons! T'aurais jamais choisi les Beaux-Arts si ton chum était pas déjà là-bas. Il me semble que ça crève les yeux.»

«C'est pas vrai! T'es malhonnête! J'ai toujours été bonne en dessin et j'ai toujours aimé la peinture, tu le sais. Puis dis-toi bien une chose, ma petite: on entre pas aux Beaux-Arts comme dans un moulin. S'ils m'ont acceptée, c'est qu'ils ont reconnu mon talent, eux.»

«Appelle-moi pas «ma petite» en prenant tes grands airs», fit Lucie vexée.

Suzanne s'assit sur son lit, face à sa sœur, se pencha vers elle dans une attitude toute compréhensive: «Qu'est-ce que t'as? T'as de la peine que je parte? T'es pas capable de le dire, alors tu me fais la gueule?»

«Tu peux garder tes interprétations pour tes sujets», répliqua la plus jeune.

«Quels sujets?»

«Les sujets que tu vas peindre, «ma petite», va falloir que tu les interprètes», dit Lucie en agitant un pinceau imaginaire dans les airs.

«T'es jalouse. C'est ça! T'es jalouse parce que toi, t'es encore pognée ici», s'exclama Suzanne, comme illuminée.

«Jalouse de toi? De tes amours? De ta peinture? T'en fais pas pour moi. Je ne suis pas si pressée de partir d'ici, je ne suis pas pressée parce que je sais qu'un jour je partirai. Quand mon heure sera venue. Et puis... moi aussi je deviendrai célèbre.»

«Célèbre dans quoi?» demanda Suzanne incrédule.

«Je vais être comédienne», répondit Lucie, sûre d'elle.

«Comédienne? Comique?»

«Non, comédienne... dramatique... tragédienne», hésita un peu Lucie.

Suzanne la regarda sans rien dire. L'image de sa sœur dans un grand rôle tragique du répertoire lui donnait envie de rire. Avec son corps menu et fragile, ses cheveux rouges et son visage tavelé comme le prototype d'enfant infernal, personne ne la prendrait au sérieux. Mais elle ne dit rien.

«Je serai célèbre et sans l'aide d'un homme, moi», conclut Lucie.

«Tu lui en veux, à Mike? Hein?» fit Suzanne, devenue soudain plus tendre pour sa petite sœur.

«Mais non, je lui en veux pas... Je lui en voudrais pourquoi? À part ça, Mike, je trouve ça vulgaire, pourquoi tu l'appelles pas Michel? c'est son nom?»

«Tout le monde l'appelle Mike, j'aurais l'air de quoi?»

«Il me semble que quand on aime, on devrait pas s'en faire avec l'air qu'on a...»

«Ah Lucie, Lucie! fit Suzanne en prenant les mains de sa sœur dans les siennes, tu parles tout le temps d'amour, mais tu sais même pas ce que c'est. Tu lis trop! Ce qu'il faut, c'est vivre! Vivre l'amour, la haine, la colère, la misère, la peine, tout! Vivre jusqu'au bout! Jusqu'à la dernière limite. Boire sa vie jusqu'à la lie. Ne rien laisser à la mort. Lâche tes livres, lâche ton piano, sors! Nom de Dieu! Va voir dehors, va prendre l'air. T'es en train de t'enterrer vivante ici dedans!» Suzanne s'exaltait en parlant; elle avait lâché les mains de sa sœur, s'était levée, avait marché de long en large dans la chambre, ouvert la fenêtre, pris un livre sur la table de chevet et l'avait jeté derrière son dos.

Lucie restait impassible. Suzanne se rassit face à elle et continua sur un ton plus tranquille: «Lucie, t'as quinze ans. T'as pas d'amies, t'as pas de chum, tu sors jamais, tu ris jamais, tu souris même pas! T'as toujours ton air de beu, ton air d'enfant martyr. C'est pas normal. Tu peux pas vivre enfermée comme ça tout le temps. Il faut que tu vives!»

Lucie aurait voulu lui dire que tout cela était de sa faute, mais elle n'aurait pas compris. Son Mike lui avait sûrement fait oublier leur jeu d'amour puéril. Il avait sûrement meublé l'écran noir des films d'amour de leur enfance.

«Les autres m'ennuient. Les gars, ça m'intéresse pas», finit par dire Lucie.

«Comment peux-tu dire ça? T'en as jamais connu...»

«As-tu fini de ramasser tes affaires? Le dîner est prêt», vint interrompre la mère dans le cadre de la porte. Les deux filles la regardèrent un moment, silencieuses, puis Suzanne se leva: «Ça sera pas long, j'achève.» La mère resta plantée là à regarder ses deux filles, ensemble, dans leur chambre d'enfant. Elles avaient tellement grandi: c'étaient deux femmes maintenant, la plus vieille s'en allait, l'autre suivrait, trop tôt. Suzanne pensa comprendre l'émotion qui agitait le cœur de sa mère et s'avança vers elle tendrement, la prit dans ses bras: «Ma petite maman. Tu vas me manquer. Pourtant, j'ai été pensionnaire assez longtemps, je devrais pas avoir peur. Mais ça sera plus pareil.» Les deux femmes s'embrassèrent, quelques larmes coulèrent, la mère ne dit rien. Lucie pensa, en la voyant: c'est comme ça l'amour, douloureux et muet. *Stabat Mater Dolorosa.* Finalement, les deux femmes reniflèrent un bon coup, Suzanne caressa la joue de sa mère et dit d'un ton qui se voulait joyeux: «On va aller dîner, je finirai ça après.»

Dès que la mère eut tourné les talons, Suzanne revint auprès de sa sœur et lui dit, en la saisissant par les épaules: «Tu vas en prendre soin, hein? Tu vas t'occuper d'elle quand je serai pas là? Elle a encore besoin de toi.»

Lucie esquissa un quart de sourire en hochant la tête.

Suzanne n'avait pas raison de dire que Lucie n'avait pas connu de garçon: elle en avait connu. Un. Mais elle n'eut pas envie de lui raconter cette décevante aventure.

Elle ne se rappelait plus le prénom du garçon, mais quelle importance? La «connaissance» avait eu lieu dans un «party de sous-sol» donné par un ami de ses frères et auquel elle avait accepté d'aller pour faire taire sa mère. Après quelques verres de tequila et quelques joints, après que la musique de Led Zeppelin, Jimmy Hendrix, The Who, Santana, les Rolling Stones et Robert Charlebois eut achevé d'échauffer les esprits, les invités se réunirent en couples. Lucie était venue seule, elle remarqua un garçon qui était seul aussi: à ce moment précis, elle se sentit la victime d'un coup fourré. C'était sûrement une idée de sa mère. Lucie imagina tout le scénario: ses frères laissent entendre qu'ils ont un party, la mère demande qu'ils y amènent Lucie, «Ouais», répondent les frères, ça les embête un peu, vu que Lucie ne sera pas accompagnée et que l'idée de traîner leur sainte nitouche de sœur ne les séduit pas tellement, mais ils finissent par dire oui devant l'insistance de la mère, et dénichent un partenaire pour leur sœur. Lucie hésita un peu entre l'envie de se tirer de ce guet-apens et la curiosité de savoir enfin de quoi relevaient ces séances intensives de pelotage qu'on appelait «party». Elle se leva, alla d'un pas décidé vers le garçon qui n'était certes pas le plus beau de la soirée, mais elle n'en avait cure. Elle lui fit un brin de conversation et l'entraîna dans un coin sombre resté vacant. Le garçon n'eut pas besoin de plus d'explications et entreprit illico de faire connaître à cette partenaire inespérée les vertiges de l'amour.

Elle lui permit d'aller aussi loin qu'il en avait envie. Il l'embrassa en fermant les yeux; Lucie gardait les siens ouverts pour ne rien manquer de cette expérience. Le baiser dégoulinant de salive la dégoûta, cette langue étrangère qui s'était immiscée dans sa bouche l'écœura, mais elle laissa faire sans rien dire. Il pétrit ses seins par-dessus son pull, Lucie trouva ces caresses maladroites désagréables. Ces mains, ni enfant, ni femme, ni homme sur son corps l'effrayèrent un peu. Le garçon glissa ensuite les mains sous le chandail où il eut un accès direct aux objets de sa convoitise étant donné que Lucie ne portait jamais de soutien-gorge. Elle ne broncha pas quand le garçon entreprit de détacher son jeans pour fouiller dans sa culotte. À ce moment, il eut le souffle plus court, il tremblait, plus de salive encore s'écoulait de ses lèvres et sa langue était sans vergogne. Il alla, bien que péniblement du fait de l'étroitesse du jeans, toucher le sexe de Lucie, glissa un doigt entre les lèvres et s'arrêta. De sa main libre, il prit celle de Lucie et la posa sur son sexe à lui. Lucie laissa sa main inerte sur la bosse dure que formait le sexe gonflé du garçon dans son pantalon; alors, il saisit cette main et s'en frotta en appuyant fortement. Après quelques secondes de cette friction virile, il émit un drôle de son, un râle discret, lâcha la main de Lucie et cessa de l'embrasser. Il se dépêtra du mieux qu'il put du jeans entrebâillé et du pull à moitié relevé de sa partenaire, la regarda un peu honteux, murmura: «Je m'excuse», et se dirigea d'un pas chancelant vers la toilette. Lucie profita de cette absence pour s'en aller sans réclamer son dû. C'était donc cela, ces caresses malhabiles et ces baisers gluants qui faisaient courir les filles de son âge? C'était donc pour cela qu'elle aurait dû abandonner la lecture et le piano? C'était cela qu'ils appelaient l'amour?

De retour à la maison, elle se fit couler un bain bouillant dans lequel elle versa une pleine boîte de moutarde sèche. Sa mère lui demanda si elle avait attrapé un rhume, elle dit: «Non, mais j'ai peut-être attrapé une autre sorte de microbes», puis elle ferma la porte de la salle de bains à double tour.

Sa mère avait attendu le retour de Lucie en espérant que cette dernière lui raconterait sa soirée, mais Lucie était rentrée trop tôt: elle ne s'était certainement pas amusée et n'aurait rien à raconter. La mère s'inquiétait du fait que Lucie n'avait pas d'amies, qu'elle ne sortait jamais, qu'elle ne semblait pas attirée par les garçons de son âge; elle croyait deviner les symptômes de quelque mal moral dans l'esprit de sa fille, parce que celle-ci passait des heures incalculables enfermée dans sa chambre ou encore assise au piano à faire ses gammes, même pendant les grandes vacances d'été. «À ton âge...» commençait la mère découragée. «Mais qu'est-ce qu'il a mon âge? Pourquoi faudrait-il que je sois stupide pour la seule raison que j'ai quinze ans?» répondait la fille agacée. La mère s'évertuait à distraire Lucie: en lui cuisinant des plats qu'elle aimait, en lui achetant une robe, un bijou, un carré de soie, un parfum... mais Lucie n'avait pas faim et aurait préféré qu'on lui achète un livre de poésie ou un disque de Glenn Gould. Elle ne portait jamais de robe, ne se coiffait pas et n'était pas intéressée par le maquillage de sa sœur. Un jour, sa mère la traîna de force chez le coiffeur pour une coupe de cheveux qui lui semblait devenue urgente. En revenant de chez le coiffeur, Lucie coupa toutes les mèches qui devaient faire l'originalité et la féminité de sa nouvelle coupe. Et puis, souvent le soir, elle disparaissait de la maison pendant des heures; personne ne savait où elle allait, et qui sait ce qui peut arriver à cet âge-là. Pourtant, elle n'était jamais très loin, elle allait dans le champ derrière la maison s'étendre dans l'herbe pour regarder les étoiles en compagnie du chien de la maison, un berger allemand qu'elle avait fini par aimer plus que tout être humain. Elle regardait la lune et pensait que quelque part, ailleurs, loin, dans un autre pays, sur un autre continent, un être humain qu'elle ne connaîtrait jamais regardait la lune au même moment et qu'ainsi leurs regards se croisaient. Cette pensée soulageait sa solitude.

❑

ROMÉO, prenant la main de Juliette: Si j'ai profané avec mon indigne main cette châsse sacrée, je suis prêt à une douce pénitence: permettez à mes lèvres, comme à deux pèlerins rougissants, d'effacer ce grossier attouchement par un tendre baiser.
JULIETTE: Bon pèlerin, vous êtes trop sévère pour votre main qui n'a fait preuve en ceci que d'une respectueuse dévotion. Les saintes mêmes ont des mains que peuvent toucher les mains des pèlerins; et cette étreinte est un pieux baiser.
ROMÉO: Les saintes n'ont-elles pas des lèvres, et les pèlerins aussi?
JULIETTE: Oui, pèlerin, des lèvres vouées à la prière.
ROMÉO: Oh! alors, chère sainte, que les lèvres fassent ce que font les mains. Elles te prient; exauce-les, de peur que leur foi ne se change en désespoir.
JULIETTE: Les saintes restent immobiles, tout en exauçant les prières.
ROMÉO: Restez donc immobile, tandis que je recueillerai l'effet de ma prière. (Il l'embrasse sur la bouche.) Vos lèvres ont effacé le péché des miennes.
JULIETTE: Mes lèvres ont gardé pour elles le péché qu'elles ont pris des vôtres.
ROMÉO: Vous avez pris le péché de mes lèvres? Ô reproche charmant! Alors rendez-moi mon péché. (Il l'embrasse encore.)
JULIETTE: Vous avez l'art des baisers.

L'idée de se faire comédienne vint à Lucie en rentrant du party manqué, alors qu'elle marinait dans son bain à la moutarde en relisant *Roméo et Juliette*. Où, ailleurs qu'au théâtre et au cinéma, pouvait-il exister de ces baisers capables de faire naître dans le cœur de ceux qui les échangent un amour à ce point déraisonnable qu'il conduit les amants jusqu'au suicide? Dans un sous-sol en jouant les adultes? Dans un sous-bois en jouant à la cachette indienne? Certes non. Elle se dit qu'en mourant sur les planches pour un amant tragique, elle garderait vivante sa première flamme et protègerait son corps des caresses grossières et dégoulinantes, dont semblaient prodigues les mains maladroites et les lèvres effrontées des garçons. En vivant l'amour sur scène, elle vivrait pour toujours dans l'ambiance des jeux amoureux de sa petite enfance.

Elle laissa sa sœur partir à Montréal, pour «ses» Beaux-Arts, sans verser une larme. Son cœur pourtant se serrait: elle se dit qu'elle ne la reverrait peut-être plus jamais et cette idée lui causait du chagrin, même si, en toute honnêteté, elle reconnaissait qu'elles s'étaient déjà perdues depuis longtemps.

IX

À la table des HEC

«OUAIS LA ROUSSE, tu m'impressionnes! Je te savais pas acrobate…» siffle Gérard, en voyant Lucie s'approcher du bar.

«J'ai pensé que ça irait bien dans votre cirque de cul», rétorque cette dernière en affichant un sourire trop large pour ne pas être cynique et méprisant.

«Penses-tu que ça se dompte une p'tite lionne comme ça?» demande Gérard, d'un air faussement amusé, à un client qui suit la conversation. Le client esquisse un sourire en coin et hausse les sourcils pour signaler qu'il n'en sait rien, puis il parcourt le corps de Lucie d'un œil cupide.

«Attention, fait Lucie au client, les grands fauves aiment la chair humaine.» Elle prend son plateau de serveuse et s'éloigne vers les tables. Elle entend encore le client dire, rêveur, dans son dos: «Me faire manger par une bouche comme ça… je dirais pas non», mais elle fait la sourde oreille. La table des HEC l'attend.

Quand les filles disent «la table des HEC», elles ne désignent pas forcément une table en particulier, mais une tablée erratique. Une bande d'étudiants en goguette, jamais les mêmes mais toujours des Hautes Études Commerciales et toujours tapageurs. Ils font une

entrée et une sortie remarquées que les clients régu-
liers, d'un naturel plus taciturne, n'apprécient guère.
Gérard non plus, qui craint chaque fois que la bagarre
éclate. Il les surveille du bout de son bar. Lucie pense
qu'ils font autant de bruit et rient aussi fort pour faire
croire qu'ils ne sont pas venus ici pour se rincer l'œil
mais pour s'amuser. S'amuser aux dépens des danseuses? des clients? Non, s'amuser aux dépens d'un de
leurs confrères, plus timide, plus jeune ou moins déluré,
qu'ils ont attiré ici après lui avoir fait ingurgiter une
dose critique d'alcool. Les gars payent une danseuse à
leur table et se payent la tête du bouc émissaire de leur
voyeurisme coupable. Ce soir, la tête de Turc est un
jeune blond à lunettes, au teint rose et bien astiqué, à la
moustache bien taillée, aux lèvres bien dessinées, aux
dents bien blanches. Il a les manières d'un garçon de
bonne famille, les ongles taillés, des mains fines,
comme celles d'un enfant de chœur qui tend avec précaution les burettes à l'officiant, pense Lucie en dansant pour lui. De toute évidence, il voudrait disparaître,
mais il reste là, le regard fixé sur la danseuse. Il doit
passer l'épreuve. Les autres étudiants se gondolent; il
esquisse un sourire angoissé. Il n'en peut plus de honte
et de timidité. Pour se donner de la contenance, il bal-
butie à l'endroit de Lucie: «Vous aimez Tom Waits?»

«Oui, beaucoup», répond la danseuse en souriant.

«Moi aussi. J'ai tous ses disques», ajoute-t-il, sou-
lagé.

«Demande-lui donc de venir voir ta collection
d'estampes javanaises!» lance un étudiant.

«Japonaises, corrige la tête de Turc, japonaises.»
Redoublement de rires.

«Il faut les excuser, ils ne sortent pas souvent», fait
l'amateur de Tom Waits à Lucie. Le silence se réinstalle
entre les deux et l'étudiant se retrouve au point de
départ. Lucie lui vient en aide: «Vous êtes aux HEC?»

«Oui, répond-il fièrement. Comment avez-vous deviné?»

«Comme ça», fait Lucie en haussant les épaules en même temps qu'elle roule du bassin, penchée vers son jeune client. Elle ajoute: «Quel est ton nom?»

«Pierre.» Un peu plus, il lui tendrait la main, oubliant un instant le contexte incongru de cette présentation. «Et vous?»

«Grand parleur, p'tit faiseur...» nargue un des gars en riant.

Lucie ignore cette boutade et répond à Pierre: «Lucie».

«Enchanté», conclut Pierre, mal à l'aise.

«Tu pourrais peut-être lui donner ton adresse aussi?» ajoute un des fêtards. Nouveaux rires.

Pierre ne sait plus où donner du regard. Heureusement, le temps file et Lucie mettra bientôt fin à la torture.

Pierre respire: Lucie est descendue de son marchepied. Les gars la paient. Elle prend leur commande. Avant qu'elle ne quitte la table, Pierre lui glisse, encore rouge de honte ou de timidité: «Merci Mademoiselle, vous avez été bien gentille...»

Lucie s'arrête, elle regarde Pierre tendrement sans dire un mot. Il baisse la tête. Elle prend le menton du jeune homme dans la paume de sa main et lui relève la tête, il a des yeux bleus limpides derrière ses lunettes de premier de classe. Elle se penche une dernière fois vers lui et l'embrasse sur le front. Évidemment, ce geste est accueilli avec force sifflements par les autres du groupe qui s'écrient: «Et moi? et moi?» Mais Lucie les ignore et se dirige vers le bar.

«Personne ne m'a demandée?» s'enquiert-elle auprès de la barmaid.

«Non. Mais veux-tu ben me dire qui c'est que t'attends?»

«Ma sœur», répond Lucie après une brève hésitation.

«Ta sœur? Et c'est à cause d'elle que t'as été bizarre toute la soirée?» s'étonne Shirley.

«Elle vient de loin», fait Lucie, comme pour s'excuser.

«Ah bon...», rétorque l'autre, déchirée de curiosité.

«D'Australie, si tu veux tout savoir.»

«C'est à l'autre bout du monde ça!» réplique Shirley, admirative. Elle ajoute, tout en posant les verres et les bouteilles sur le plateau de Lucie: «C'est là qu'y a des kangourous, pis des koalas?»

«Puis des sauvages, puis des sites sacrés, puis des artistes peintres, puis des hommes à marier...» répond Lucie, un peu agacée. «Quelle heure est-il?» demande-t-elle en prenant son plateau chargé de bouteilles de bière.

«Minuit et demi. À quelle heure est-ce qu'elle doit venir?» fait Shirley, subitement intéressée par la sœur de Lucie.

«Je le sais pas. Je sais même pas si elle va venir.»

«Pourquoi tu l'attends, d'abord?» demande la barmaid déçue.

«Parce que je ne sais pas, justement. Tu vois, en espagnol, attendre et espérer, c'est le même verbe. Et ceux qui espèrent sont ceux qui ne savent pas encore.»

Et elle s'en retourne servir ses clients, laissant Shirley aux prises avec ses propos absurdes.

❑

Lucie sait que sa sœur est arrivée à Montréal (et peut-être même qu'elle s'est déjà installée dans son appartement), mais elle ignore si Suzanne pourra trouver le club où elle travaille. Il est vrai qu'elle avait été plutôt vague dans sa dernière lettre; elle avait parlé d'«une troupe assez marginale, underground dirait-on à New York, qui se produit en ce moment dans une salle tout aussi off: le Shotgun». Depuis deux ans qu'elle exerce le métier de danseuse nue, Lucie n'en a jamais glissé un mot à sa sœur. Tout ce temps, elle lui a fait croire qu'elle pratiquait toujours le métier de comédienne, allant d'une troupe de théâtre à une autre, à la recherche de «la création qui me permettra de découvrir les chemins de la lumière. J'attends encore l'éblouissement». Dans sa dernière lettre, elle avait sciemment omis l'adresse de la salle où se produisait sa pseudo-troupe.

À minuit et demi, Lucie commence à craindre que sa sœur ne viendra pas et qu'elles se retrouveront plutôt à l'appartement. Suzanne a peut-être cherché «le Shotgun» dans le centre de la ville, mais ce club se trouve dans le nord, à proximité des motels à lits d'eau et films érotiques.

❑

Toute la soirée, le comportement de Lucie a paru «bizarre» à ses collègues et elles croient qu'il est inspiré par l'humeur de Gérard. Pourtant, le boss n'y est pour rien: elle a plutôt le trac des soirs de première. Elle devait jouer le personnage principal d'un grand coup de théâtre, un drame qu'elle avait elle-même conçu et qui devait faire éclater la vérité. Elle avait prévu que Suzanne arriverait au club au moment où elle s'exécuterait sur la musique de Tom Waits. C'était pour elle qu'elle avait dansé. Elle avait renoncé à son numéro du cygne et à son costume à plumes pour que Suzanne la voie — de la même manière que tous les spectateurs — dans son véritable rôle, celui de danseuse nue. Le rôle qu'elle avait toujours tu dans sa correspondance.

Passé minuit et demi, Lucie ne croit plus que Suzanne arrivera à temps, il ne lui reste qu'un autre «set», juste une fois encore à monter «sur le stage». Si Suzanne ne la voit pas au centre de la petite scène de ce club turpide, elle ne pourra pas comprendre. Et il faudra tout lui expliquer, avec des mots. Lui dire la vérité quand elle demandera, enthousiaste, d'assister à une représentation de la «troupe marginale», tout dire sur le métier de danseuse nue, sur les lettres mensongères, sur les échecs... Tout raconter. Ce serait tellement plus simple si Suzanne pouvait tout saisir d'un seul regard, dans une image saisissante, brutale mais limpide. Tellement plus simple si tout l'indicible pouvait tenir dans quelques gestes. Quand elle se mettra à parler, Lucie sait bien qu'elle inventera et qu'elle ne réussira qu'à s'éloigner de la vérité. Quand elle verra sa sœur au grand jour, à l'heure où la lumière creuse les visages, quand la clarté exige bêtement qu'on dévoile tout, Lucie s'embrouillera dans ses mensonges.

Lucie croit qu'elle verrait mieux Suzanne — et s'en ferait mieux reconnaître — dans le silence et dans l'obscurité, dans le trou noir de la mémoire.

X

Le mythe de Roxane

Hi THERE!
Wow! Quelle bonne nouvelle! Ma petite sœur
en jolie Roxane. Je suis très contente de voir
que ça marche pour toi. Si j'étais à Montréal,
tu peux être sûre qu'on fêterait ça en grand.
Du champagne pour tout le monde! And eve-
rything you want. Je t'imagine en Roxane: je
suis certaine que tous les Cyrano de la Terre
(et des plus beaux, I hope) vont tomber en
amour avec toi. Je ne te dis pas bonne
chance, il paraît que ça porte malheur au
théâtre, mais je te dis merde. Et advienne que
pourra!
De mon côté, malheureusement, les choses ne
vont pas si bien. Après trois ans, Sydney reste
toujours fermé à ma peinture, comme Mont-
réal, Paris, New York ou Londres. Il paraît
que je suis pas assez moderne. What the fuck!
Ils finissent par me faire chier royalement.
Moderne par-ci, moderne par-là, comme si
c'était le seul critère. Si tu voyais les conne-
ries qui se font au nom de la modernité, ils
vont finir par tuer la peinture. Tu vois, moi je

trippe encore sur les couleurs, la lumière, le geste, et j'ai encore beaucoup à explorer, à maîtriser avant de prétendre réinventer la peinture. Y a des jours où j'en ai plein le cul, j'aurais le goût de tout crisser là et d'aller vivre avec les sauvages. Je pourrais faire des faux masques pour les touristes en mal d'authenticité primitive ou me tatouer tout le corps et danser comme une possédée du diable.

Comme tu vois, je suis d'une humeur plutôt massacrante. Mais j'ai une maudite bonne raison: Lorne m'a quittée la semaine passée. Il m'a laissé tomber comme une vieille savate. Je le prends plutôt mal, surtout que j'ai appris qu'il avait une maîtresse depuis un an! Moi, l'épaisse, j'avais rien vu. Méfie-toi des personnages de théâtre, les hommes ne sont pas tous fidèles comme Cyrano.

Je ne sais pas si j'ai une peine d'amour ou si je suis juste en calvaire. De toute façon, je me sens très seule et j'ai toujours très mal supporté la solitude. L'état de pauvreté dans lequel je vis n'aide pas les choses. La p'tite misère, je te dis. On dit que c'est le lot des artistes. C'est du folklore tout ça. Je pensais que les choses avaient changé depuis Picasso et Dali.

Je voulais t'écrire pour te féliciter, t'encourager et v'là-t-y pas que je chiale encore. Mais il ne faut pas s'en faire, tout finit toujours par s'arranger. Demain, peut-être, je rencontrerai encore une fois l'homme de ma vie et je repartirai au fly.

Maintenant, je dois te laisser, j'ai du pain sur la planche (une job d'illustration pour une

pub, ça me paie le pain et les toiles). Je te
souhaite encore le plus retentissant des suc-
cès.
Kiss you

Suzanne

❏

Lucie fut prise de remords en constatant avec quel
enthousiasme sa sœur avait cru à l'histoire de Roxane.
Elle commença une lettre dans laquelle elle avait l'intention de révéler la vérité à sa sœur: elle n'était pas
Roxane, elle ne le serait jamais, elle avait décidé
d'abandonner le théâtre puisque, de toute évidence,
elle ne réussirait jamais à percer, etc., la vérité, toute la
vérité. Mais elle s'arrêta au milieu de la lettre. Elle se dit
que son «succès» pouvait encourager sa sœur à persé-
vérer dans son art en lui «prouvant» que même une
actrice dépourvue de talent pouvait réussir, alors imaginez maintenant une peintre douée... Heureusement,
Suzanne ne demandait jamais de coupures de presse.
Après le mensonge de Roxane et les premiers
scrupules éludés, Lucie ne s'était plus gênée pour nar-
rer en long et en large ses succès répétés. Avec le
temps et la pratique, elle devint de plus en plus habile
dans l'art de mentir à sa sœur (du moins, elle le crut).
Dans ses lettres, elle prenait même le ton de celle que
le succès ne gonfle plus, elle jouait la star qui méprise le
star système, parlait de la modestie nécessaire pour se
mettre dans la peau d'un personnage, du don de soi,
de l'humilité avec laquelle il faut approcher les grands
rôles, etc. C'est avec le même discours qu'elle justifia
plus tard son choix de jouer pour de petites compagnies inconnues dans des salles mal équipées, parfois

devant une dizaine de spectateurs. Elle prétendit quitter les grands théâtres «institutionnalisés et sclérosés» pour aller vers des compagnies plus modestes, plus libres et plus audacieuses, où les acteurs pratiquaient leur art avec plus «de générosité, de conviction, de sincérité, bref, d'amour de la scène».

Ces réflexions sur un métier dont elle avait appris les rouages, mais qu'elle n'avait pas réussi à exercer à la mesure de ses espérances, remplissaient ses heures de solitude, sans pour cela la faire rêver. Elle n'espérait plus connaître le succès, elle n'attendait plus les grands rôles d'amoureuses éperdues qui lui avaient fait choisir ce métier, elle n'en voulait même plus aux metteurs en scène qui l'avaient laissée moisir sur le banc. Sans amour, sans ami, sans succès et sans espoir d'y arriver, Lucie avait fini par se résoudre à vivre au jour le jour, sans rien attendre du lendemain.

Sa seule ambition, qu'elle nourrissait comme une chimère, était de retrouver la grande paix des fondus au noir de son enfance. Elle rêvait de nuit noire, d'un endroit où elle irait perdre toutes ses illusions déçues, où elle absoudrait sa féminité maudite.

XI

La naissance du Cygne

LUCIE DÉCIDA de ne plus attendre le Rôle, le Drame, la Compagnie de théâtre, les Collègues, le Public, etc., en sortant d'une audition. C'était en janvier, un après-midi de tempête. Elle avait marché deux kilomètres dans le froid, le vent et la neige pour se rendre à cette audition destinée à des publicités de bière; elle détestait ces auditions, cette hyprocrisie entre les actrices, ces tentatives de séduction dissimulées derrière un apparent mépris pour la chose commerciale. Elle y rencontrait toujours les mêmes filles, nerveuses comme des communiantes, des actrices qu'elle considérait parmi les moins douées, des actrices sans succès, comme elle. Une pitié. Comme elles, Lucie avait besoin des annonceurs pour manger. Elle détestait cet état de dépendance, cette absence de pouvoir de négociation que lui infligeaient sa carrière manquée et les privations répétées. Elle était à la merci de ces étrangers qui évaluaient d'un coup d'œil si elle convenait ou non. Mais Lucie était d'abord une actrice et ne laissait rien voir de son inconfort. Elle jouait du mieux qu'elle le pouvait les personnages niais qu'on lui demandait d'interpréter, et elle réussissait la plupart du temps à décrocher un rôle secondaire. Avec quelques post-synchronisations de publicités anglaises et des apparitions dans des comédies au théâtre d'été, la publicité télévisée constituait sa principale source de revenus.

Pour convaincre Lucie de se présenter à cette audition, la directrice du casting lui avait fait miroiter, non pas un rôle génial, mais un cachet fort intéressant, assorti d'un voyage en Floride, puisque c'est là que devaient se tourner les messages en question. Le réalisateur était aussi en train de préparer son premier long métrage et, sait-on jamais, elle pourrait peut-être du même coup y décrocher un rôle… Lucie ne retint que la semaine au soleil, toutes dépenses payées, avec un salaire en plus. Cela rachetait un peu l'ineptie du scénario et c'est dans l'espoir de repartir de l'audition avec un billet d'avion dans la poche qu'elle s'y était présentée.

Dans l'antichambre de la salle d'audition, il y avait une foule animée et bavarde: des gars et des filles de son âge, certains qu'elle avait connus au conservatoire et d'autres avec qui elle avait joué au théâtre d'été ou dans des pubs. Ils ne changeaient pas: à les entendre, on aurait dit de grandes vedettes que les plus brillants metteurs en scène du monde s'arrachaient. Ils passaient leur vie en représentation, faute de monter sur scène aussi souvent qu'ils l'auraient souhaité. Il y avait aussi de vieux monsieurs, de vieilles dames qui étaient venus pour quelque rôle de figurants; sans doute un personnage accessoire destiné à ajouter au message une touche de tendresse antique ou de folklore chaleureux, histoire de donner un peu de tradition au produit, seule véritable vedette.

Lucie, emmitouflée dans son vieux manteau de laine, somnolait sur une chaise en attendant son tour. Elle voyait, entre ses paupières mi-closes, entrer et sortir les actrices et les acteurs de la salle de casting. Par la porte, elle pouvait entrevoir ceux qu'on appelait les «clients»: cinq hommes et deux femmes, sans compter

le réalisateur et l'opérateur de prises de vues. La distribution d'un message de bière n'est pas une chose à
prendre à la légère. La directrice du casting allait et
venait en agitant ses fiches, annonçait les candidats, faisait quelques appels téléphoniques, en recevait. En raison du mauvais temps, plusieurs acteurs étaient dans
l'impossibilité de se présenter. On la sentait fébrile,
désirant mettre la main sur la bonne personne pour le
bon rôle, décidée à satisfaire ses gros clients et ses
petits protégés. Les candidats sortaient de la salle en
affichant, soit un air défait, soit un air vainqueur, et
Lucie se demandait lesquels étaient les plus sincères.
L'air défait visait-il à faire peur aux autres? à leur donner le trac avant d'entrer? ou n'était-il qu'un instant
d'oubli de la part de l'acteur, la plus simple expression,
sans déguisement, de la douleur de se sentir rejeté?
Jouait-on l'air vainqueur pour décourager les autres?
pour leur faire croire qu'on était certain d'être choisi?
que tous ceux qui suivaient se présenteraient en vain?
ou n'avait-on pas l'impression vague, mais sincère,
d'avoir effectivement séduit le jury?

Tout absorbée dans la contemplation de ces hypo-
thèses, Lucie sursauta quand la directrice appela son
nom. Elle la suivit docilement et fut la première étonnée de se retrouver toute seule sous les deux misérables
projecteurs de la salle de casting, devant les clients assis
derrière une table où s'étalaient biscuits, chocolats,
fruits hors de prix en cette saison, café, eaux minérales,
tasses blanches et verres fins. Elle avait oublié pour
quelle raison elle était venue là, avait oublié un instant
qu'elle était une actrice et qu'on attendait qu'elle joue.
Elle réintégra tranquillement son rôle en écoutant les
directives du réalisateur. C'était un débutant auquel on
prêtait beaucoup de talent, ce qui excusait son arro-
gance et sa vulgarité. Elle se nomma, à l'adresse de la
caméra, et mima l'«étonnement attendri et amusé»

comme on le lui demandait. On pensait à elle pour le rôle d'une fille plutôt chouette aimée d'un gars plutôt moche et, dans la scène en question, cette fille s'étonnait que le gars lui offre des fleurs, elle s'en étonnait avec ravissement, et on devait sentir dans un gros plan d'à peine une seconde qu'elle finirait peut-être par céder à ses assiduités... Elle refit «la fille étonnée, ravie, vaguement séduite» en essayant diverses expressions. Les clients prenaient des notes sans sourire. Le réalisateur, assis à califourchon sur sa chaise, le menton posé sur ses avant-bras croisés, réfléchissait en regardant le moniteur dans lequel Lucie apparaissait en gros plan. Puis il lui demanda de retirer son manteau. Elle s'exécuta. Les clients eurent l'air déçu.

«On t'avait pas dit de t'habiller en été?» demanda le réalisateur.

«Peut-être, mais vous comprendrez qu'à vingt-cinq sous zéro, en pleine tempête...» s'excusa Lucie.

«Évidemment...» soupira le réalisateur.

«Ça vous embête tant que ça?»

«C'est qu'on aurait aimé te voir plus *en contexte.*»

«*En contexte...*»

«Enfin, je veux dire dans le contexte du scénario. Tu comprends, ça se passe l'été, il fait chaud, il fait beau, c'est les vacances... Tu vois?»

«Oui, oui, je vois très bien: comme dans toutes les annonces de bières. (Quelqu'un remua sur sa chaise parmi les clients.) Mais vous êtes réalisateur, vous devriez être capable d'imaginer de quoi j'ai l'air en été, habillée en conséquence», laissa tomber Lucie, vaguement ironique.

«Les nerfs, la petite!» fit le réalisateur subitement énervé. Il ne semblait pas apprécier qu'on puisse mettre en doute les compétences de son imagination.

Lucie avait passé trop d'auditions de messages publicitaires pour ne pas deviner de quoi il s'agissait: on voulait voir si elle avait un beau corps, on se moquait éperdument de son talent, d'ailleurs combien de personnes dans cette salle étaient aptes à déceler le talent d'un acteur? Et puis, de toute façon, avait-on besoin d'un acteur? On voulait savoir de quoi elle aurait l'air en mini-jupe, en maillot de bain ou en short. Pour un gros plan d'une seconde! On cherchait un corps, pas une actrice. Elle eut un coup de rage au cœur, son sang ne fit qu'un tour, elle tenta de se calmer en inspirant profondément: ce n'était pas le moment de faire un esclandre. Elle regarda, muette, les clients attablés; un d'eux trempait un petit-beurre dans son café... Elle perdit toute contenance. Elle gueula, à la tête du réalisateur:

«C'est de la peau que vous voulez voir?»

«Pogne pas les nerfs!» fit le réalisateur, comme s'il s'adressait à lui-même en même temps qu'à Lucie.

«Je suis très calme... seulement vous me donnez la nausée... toute la gang», répliqua-t-elle en enveloppant d'un geste du bras toutes les personnes présentes.

Le réalisateur éclata à son tour: «Non, mais pour qui tu te prends, le boudin? Sophia Loren? Catherine Deneuve? Raquel Welch? On a le droit de savoir de quoi vous avez l'air. On peut pas attendre d'être rendus là-bas, le matin du tournage, pour découvrir que vous êtes bourrées de varices ou de vergetures, que vous êtes poilues comme des taupes, qu'il vous manque un sein, ou que vous avez été opérées pour l'appendicite par le boucher du coin! T'es une actrice, non?»

«Justement: une actrice, pas une catin. Je joue, moi.»

«Et moi, je travaille. Tu peux aller jouer dans le trafic, fit le réalisateur en désignant la porte du doigt. On a assez perdu de temps.»

«C'est vrai, j'oubliais: votre temps est précieux! Il est compté, de trente secondes en trente secondes. Ça ne vous laisse pas beaucoup de temps pour penser.

C'est à vous autres que je parle! À vous, Messieurs les Clients! Vous qui êtes bien assis sur votre dégoûtante satisfaction et qui, une fois de temps en temps, vous offrez un spectacle de jeunes acteurs prêts à tout pour vos beaux yeux. Ah! Cela vous flatte! Comme vous aimez vous rincer l'œil gratis! Vous ne payeriez pas une cenne pour aller voir ces mêmes acteurs au théâtre, parce que vous vous en foutez royalement, de la culture! Vous ne savez même pas ce que ça veut dire. Mais, les artistes! Ah! que c'est excitant de se retrouver un instant dans le monde des artistes! de s'imaginer qu'on en fait partie! Ou mieux, qu'on est des mécènes et que sans nous, ces pauvres clowns crèveraient comme des chiens! Votre vie est tellement petite! Et vous croyez racheter la niaiserie de vos annonces idiotes en mettant de la peau plein la vue aux téléspectateurs? Que vous êtes bêtes! Le public est moins dupe que vous. Il se moque de vous, votre public… Qu'est-ce qu'on doit raconter à bobonne, pis aux chums quand on rentre d'une séance de casting de soutien-gorge et de p'tites culottes! Ça doit amuser la galerie, le samedi soir dans vos p'tits bungalows de banlieue! Vous me donnez mal au cœur! Médiocres masturbateurs! Voyeurs sans envergure! Petits, petits, petits…»

«Hey, ça va faire. Crisse ton camp!» coupa le réalisateur en empoignant Lucie par le bras.

«Lâchez-moi. J'ai pas fini», répliqua Lucie, en se dégageant. Tout le temps de sa harangue, elle avait marché devant la table des clients, d'un bout à l'autre, marquant parfois son propos d'un coup de poing sur la table, ou d'un arrêt devant l'un des clients, les mains posées à plat sur la table. On aurait dit un avocat plaidant devant les jurés.

«C'est du cul que vous voulez voir? C'est pour notre peau que vous allez nous payer? Savez-vous comment ça s'appelle? Du proxénétisme! Vous nous achetez pour nous vendre avec votre caisse de bière! Mais on n'est pas des putains.»

«Je t'ai dit de crisser ton camp», ordonna encore le réalisateur.

«Pis toi, l'entremetteuse, laisse-moi parler!» fit Lucie vivement en se retournant vers lui. Elle s'approcha et lui demanda, provocatrice: «Est-ce qu'on t'a déjà demandé de baisser tes culottes pour savoir si on t'engagerait?»

«Non, mais je les baisserais si on me le demandait! Je prends pas mon cul ou ma bitte pour une grande merveille du monde!» gueula le réalisateur.

Lucie ne croyait pas que son corps comptât parmi les merveilles du monde, au contraire, elle aurait tout fait pour s'en débarrasser. Il était sa grande honte, son plus grand échec. Elle le désavouait depuis toujours, essayait de l'oublier et de le faire oublier. La remarque du réalisateur la gifla: ainsi, donnait-elle à penser qu'elle accordait quelque valeur à ce sexe comme une plaie ouverte dans la chair de son enfance, à ces mamelles inutilement pendues à sa poitrine, à ce corps auquel elle refusait tout plaisir.

«Moi non plus», finit-elle par dire au jeune homme et elle entreprit de se déshabiller.

«Trop tard, ma pitoune. Même ton cul nous intéresse plus», lâcha le réalisateur, écœuré.

Lucie l'ignora et continua de se déshabiller en silence. Derrière leur table, les clients silencieux cherchaient une position confortable: voir sans être vus. Le réalisateur se laissa choir sur sa chaise et regarda l'actrice avec indifférence. Quand elle fut tout à fait nue, elle fit un tour sur elle-même, marcha la tête haute vers les clients, se planta devant eux, attendit quelques secondes, puis leur demanda:

«Alors? Pensez-vous que ce corps vous ferait vendre plus de bière? Je vous l'offre, moyennant finance. Puisque c'est de cela qu'il s'agit ici.»

Les clients se contentèrent de baisser les yeux, sauf un, qui se pencha à l'oreille de son collègue pour demander: «What did she say?» Lucie ne le rata pas, s'approcha et lui répondit: «I said: Do you think you would sell more beer with this body? It's yours, if you wanna pay. Aren't you looking for a whore?»

L'anglophone esquissa un petit sourire nerveux et chercha du regard l'aide de ses collègues. Mais c'est le réalisateur qui les secourut; il prit Lucie par le bras, l'entraîna au milieu de la pièce où ses vêtements gisaient en tas, se pencha pour les ramasser et les lui tendit, calmement. «C'est fini, là... habille-toi et rentre chez vous.» Elle prit son paquet de linge en se tenant droite devant le réalisateur qui était à peine plus grand qu'elle. Elle fixa son regard, il avait de petits yeux noisette presque jaunes, comme ceux d'une bête sauvage, ses narines frémissaient. Il la regardait avec une espèce de mépris cruel. Un regard si proche de celui qu'elle portait sur elle-même, qu'elle eut un sentiment de fraternité avec cet étranger. Dans le silence pesant de la salle d'audition, son corps se mit à trembler; pour la première fois de sa vie, elle ressentit d'étranges pulsations dans le bas de son ventre, comme un cœur qui battait dans son sexe; un cri sauvage semblait s'échapper de ces yeux jaunes, qui appelait la vie dans les régions bafouées de son corps. Le réalisateur mit les mains sur les épaules de Lucie et répéta calmement: «C'est fini. Allez... habille-toi.» Elle baissa les yeux et obéit à cette voix. En quittant la salle, elle entendit encore l'anglophone dire: «This girl must be crazy!» Le réalisateur ne répondit pas et Lucie lui en fut reconnaissante.

❑

Dehors, la tempête n'avait pas diminué, Lucie eut envie de faire corps avec elle. Elle avait soudain envie de violence. D'une grande violence. C'était peut-être une autre façon de fuir. Peut-être mieux que le fondu au noir. Une coupure franche et nette qui vous fait sortir du cadre de manière irrévocable, plutôt qu'un fondu au noir qui descend lentement et qui recouvre, comme pour mieux les révéler, toutes les histoires possibles et impossibles, toutes les histoires inachevées.

La neige tombait raide, la forçant à fermer les yeux à demi, ses pieds s'enfonçaient dans la boue glaciale, rendant chaque pas lourd et difficile. Elle avait froid aux pieds, aux mains, à la tête. Elle marcha jusqu'à épuisement dans des rues qu'elle ne reconnaissait pas, empruntant parfois des ruelles qui n'avaient pas encore été déblayées, des ruelles tristes mais plus blanches que les rues. Au milieu d'une d'elles, elle entendit un blues envoûtant qui s'échappait par miettes d'un deuxième étage. Lucie leva la tête, essaya de voir d'où provenait cette musique. Elle compta les édifices: le troisième en partant de la droite, elle revint sur ses pas, gagna la rue pour voir la façade des édifices, un, deux, trois: un club de danseuses nues. Elle grimpa l'escalier lentement et trouva presque réconfortant le souffle de bière, d'urine et de fumée froide qu'il exhalait.

Dans la salle, il n'y avait que deux clients, et la danseuse dansait. Lucie lui trouva bien du courage. Elle s'assit et commanda une bière, la serveuse lui demanda si elle attendait quelqu'un. Lucie lui dit non. La serveuse parut contrariée et c'est sans amabilité qu'elle lui servit sa bière. Quand la danseuse eut fini son numéro, elle devint serveuse à son tour et la serveuse se fit danseuse. Lucie fit venir l'ex-danseuse à sa table et lui demanda:

«Excusez-moi de vous déranger, mais j'aimerais savoir si vous aimez danser nue?»

«Franchement, c'est pas le genre de questions qu'on se pose», fit la serveuse, légèrement agacée.

«Ah bon. Mais alors, pourquoi vous faites ça?»

La serveuse eut un sourire ironique, s'appuya sur le dossier d'une chaise et s'exclama: «Une autre qui fait sa thèse de sociologie sur les danseuses topless! Pauv' p'tite fille, t'es pas originale! Y en d'autres qui sont passées avant toi. Envoye, prends ta bière, pis va-t'en.»

«Vous vous trompez. Je suis même pas étudiante», corrigea Lucie en souriant. On la prenait souvent pour une étudiante ou même pour une élève du secondaire, malgré ses trente ans sonnés. Cela la flattait.

«T'es encore plus cave que je pensais! Dis-toi ben une chose: ici de la compétition, on n'en veut pas. Compris?»

«D'accord», confirma Lucie, un peu gênée de sa maladresse, de sa naïveté et troublée à l'idée qu'elle pouvait avoir l'air de chercher du travail dans cet endroit minable.

La serveuse regagna le bar en se déhanchant, plus par habitude que pas désir de séduire la cliente. Lucie se hâta de vider son verre et rentra chez elle.

❏

Sitôt arrivée dans son studio, elle fit couler un bain bouillant dans lequel elle vida une pleine boîte de moutarde sèche. Elle s'y glissa et ferma les yeux. Elle revit les yeux jaunes du réalisateur, l'air gêné des clients, sa propre colère subite, la danseuse serveuse. Elle revit encore le réalisateur et son corps aussi se souvint. À trente ans, Lucie n'avait encore jamais connu d'amant. Elle était vierge, non pas par esprit de sacrifice ou par souci d'originalité, mais simplement par manque de désir. Aucun homme n'avait réussi à la séduire, aucune femme non plus. Mais ce réalisateur? Ne l'avait-il pas appelée? Sans un mot, sans un sourire, sans une gentillesse, quoique son attitude se soit faite plus compatissante à la fin. Ce qu'elle avait ressenti, était-ce là ce qu'on appelle le désir? Ou n'était-ce que la colère qui se répandait dans tout son être? Pourtant, maintenant, mollement étendue dans son bain et sans colère, elle sentait encore son ventre battre. Des images émergèrent à la surface de l'eau jaunâtre, des scènes violentes où elle se faisait saillir par le réalisateur, comme une jument, comme une vache, comme une chienne. Il serrait dans son poing ses longs cheveux roux qu'il tirait pour l'empêcher de bouger, il l'insultait, elle avait mal, elle implorait pitié, demandait pardon, mais l'homme-cheval-taureau-chien ne connaissait ni la pitié ni le pardon. Il lui disait de réciter ses prières, «Salope» et la sodomisait. Il laissait échapper une plainte rauque en éjaculant, se relevait et remontait sa braguette en riant. Lucie s'écroulait, baignant dans le sang, la merde et le sperme. Elle enfila son gant de crin et se frotta le corps avec vigueur.

Après ce bain qui la laissa encore plus troublée, elle s'assit au piano, le piano de son enfance, son fidèle compagnon. Elle n'avait plus les moyens de se payer des leçons, mais elle continuait à pratiquer; elle interpréta pour la nième fois *Le Cygne* de Saint-Saëns en fermant les yeux. Et la musique la calma.

Non, la coupure franche et nette ne valait pas mieux que le fondu au noir. Mais avant de se fondre dans l'obscurité, il fallait d'abord exister. Se suicider sans avoir vécu, ce n'est pas se suicider, c'est avorter. Avant de se résoudre au silence, il faut d'abord se faire entendre, sinon, le silence ne vaut rien. Le théâtre ne lui permettait pas d'exister: après trois années d'études sérieuses, presque dix ans d'efforts, de sacrifices et d'humiliations, les portes des grands drames et des grandes scènes lui restaient désespérément closes. Elle avait essayé du côté des troupes marginales, mais là non plus, on ne voulait pas entendre sa voix. Les comédies qu'on jouait dans les théâtres d'été la laissaient sur son appétit de tragédienne. Les messages publicitaires ne servaient qu'à payer le pain et le loyer, et à partir de maintenant elle était certainement sur la liste noire de toutes les agences de casting. Et puis, de toute façon, elle en avait assez de jouer les béates satisfaites devant des rouleaux de papier hygiénique ou des cuvettes «étincelantes de propreté», ou devant de «magnifiques réfrigérateurs». Non, la pub, c'était fini. Mais il faut bien gagner sa vie. Dans un éclair de lucidité, elle reconnut que son corps l'avait toujours aidée à gagner sa vie. C'était d'abord par lui qu'on passait, son talent venait ensuite, que cela lui plaise ou non. Jusqu'à maintenant, ce corps — qui n'était pas une merveille du monde — avait pu se marchander. Il ne s'était encore jamais vendu pour ce qu'il était, mais comme un outil promotionnel intégré à de savantes mises en marché. De la femme-objet-de-marketing qu'elle avait déjà été, à la femme-objet qu'elle pouvait devenir, Lucie se dit qu'il n'y avait qu'un pas à franchir. Danser nue? Non. Jouer le rôle de la danseuse nue.

Elle quitta son piano, marcha lentement de long en large dans l'appartement, alla à la fenêtre, releva les stores: la tempête avait cessé, les employés de la ville s'affairaient à enlever la neige dans les rues. De l'appartement d'à côté, arrivait un air de The Police: *Roxane*. Lucie pensa à Cyrano et récita, avec une émotion retenue, ce dialogue entre lui et Roxane:

ROXANE: «Comment pouvez-vous lire à présent? Il fait nuit...
Et pendant quatorze ans, il a joué ce rôle d'être le vieil ami qui vient pour être drôle!»
CYRANO: «Roxane!»

«C'était vous.»
«Non, non, Roxane, non!»
«J'aurais dû deviner quand il disait mon nom!»
«Non! ce n'était pas moi!»
«C'était vous!»
«Je vous jure...»
«J'aperçois toute la généreuse imposture: les lettres, c'était vous...» .
«Non!»
«Les mots chers et fous, c'était vous...»
«Non!»
«La voix dans la nuit, c'était vous.»
«Je vous jure que non!»
«L'âme, c'était la vôtre!»
«Je ne vous aimais pas.»
«Vous m'aimiez!»
«C'était l'autre!»
«Vous m'aimiez!»
«Non!»
«Déjà vous le dites plus bas!»
«Non, non, mon cher amour, je ne vous aimais pas!»

Lucie connaissait par cœur tous les rôles de *Cyrano de Bergerac* bien qu'elle ne l'eût jamais joué sur scène. Cette «comédie héroïque» faisait partie, avec quelques autres morceaux du répertoire, des exercices de mémoire qu'elle s'imposait régulièrement. Elle préférait de loin le personnage de Cyrano à celui de Roxane, mais son corps ayant décidé à l'aube de son adolescence de se faire femme, elle savait qu'on ne lui offrirait jamais le choix des rôles. De toute façon, elle se serait bien contentée de Roxane, pour pouvoir vivre à l'ombre du panache de Cyrano. Elle aimait Cyrano comme un frère d'infortune. Elle se sentait une communauté de destin avec cet homme qui ne pouvait faire pardonner ce péché de la chair que constituait son nez déraisonnable. Bretteur remarquable, orateur magnifique, guerrier inégalé, mais humble, tellement humble dans sa souffrance d'un amour refusé, cédant la place à un autre dans un cœur qui aurait dû lui échoir tout naturellement. Elle aimait sa façon d'aimer: en laissant Roxane intacte, corps et âme.

Ce soir-là, elle écrivit à sa sœur qu'on venait de l'engager dans *Cyrano*. Dans le mensonge du succès, Lucie essayait de dissimuler son désespoir et sa résignation. Elle signa la lettre, la plia soigneusement, la glissa dans l'enveloppe en peau d'oignon qu'elle cacheta et inscrivit l'adresse de sa sœur en pensant aux kangourous. Elle se dit que le mensonge était trop gros pour avoir quelque crédibilité, que sa sœur y décoderait sûrement quelque malaise et qui sait? qu'elle viendrait peut-être à son secours.

Lucie se rassit au piano et rejoua *Le Cygne*. C'est ainsi que lui vint l'idée de faire son numéro de danseuse nue déguisée en cygne. «À trente ans, je suis déjà trop vieille pour commencer dans le métier, il me faut quelque chose d'original. Il faut un spectacle. Quelque chose qu'ils n'ont pas l'habitude de voir.»

Le lendemain matin, elle alla trouver un costumier avec la photo d'un cygne tuberculé et lui commanda «un cygne comme celui-là, avec de vraies plumes, je me fous de ce que ça va coûter». «Est-ce que t'a aussi besoin d'un masque avec le bec et tout?» «Non, juste des ailes et un maillot de corps recouvert de plumes... mais il faudrait que le maillot puisse s'enlever facilement, je sais pas, avec des attaches discrètes, bien placées, ici par exemple, là... pour que je puisse l'enlever avec élégance, d'un geste... tu vois ce que je veux dire?» «À peu près. Je te soumettrai des maquettes. C'est pour quel show au fait?» avait demandé le costumier, curieux. «Je ne peux pas encore t'en parler, c'est un secret», avait-elle répondu d'un air mystérieux propre à exciter davantage la curiosité de l'autre. Elle enregistra son interprétation du *Cygne* de Saint-Saëns sur une cassette, mais trouva que cela était trop court. Elle joua donc deux fois la mélodie, bout à bout, en créant un effet de fondu enchaîné qu'elle ne jugea pas trop mal.

Dès que le costume lui fut livré, elle mit au point son numéro et alla solliciter les tenanciers de clubs de danseuses nues.

XII

La vie du cygne

LE PREMIER PROPRIÉTAIRE DE CLUB de danseuses nues qu'elle rencontra lui fit remarquer que son numéro n'était pas très moderne, que ça ne swignait pas beaucoup. «Ce n'est peut-être pas moderne, mais avouez que c'est quand même assez nouveau», lui répondit-elle gentiment. «Bof, nouveau, nouveau, tu sais, la nouveauté, ici…» fit l'homme en hochant la tête.

«Ça ne vous intéresse pas», finit par conclure Lucie, déçue.

L'homme lui dit en se penchant vers elle: «Ton oiseau m'intéresse pas tellement, mais j'ai pas dit que t'avais pas un beau p'tit cul… J'pense qu'y a quelque chose à faire avec ça… si tu vois ce que je veux dire…»

«Je vois, mais je vous offre plus qu'un «beau p'tit cul», je vous propose un spectacle, quelque chose de nouveau, de différent…» essaya encore Lucie.

L'homme la regarda pensif et demanda: «Où c'est que tu travaillais avant?»

Lucie hésita un peu avant de répondre: «À la télévision.»

Le regard de l'homme s'alluma: «Ah, c'est là que j'ai dû te voir. Oui, oui, c'est ça: dans une annonce. Attends un peu… dans une annonce… de papier de toilette! C'est ça! La p'tite rousse qui prend son pied en se torchant!» éclata-t-il de rire en frappant la table du plat de la main.

Lucie se sentit fondre de honte et ne trouva rien d'autre à répondre que: «On gagne sa vie comme on peut.»

«Je comprends… mais les annonces, c'est plus assez payant…» dit le patron avec un air de sous-entendu.

«Non, c'est pas ça. J'ai envie de faire autre chose.»

«Pour te payer ta coke.»

«Non, j'en prends pas.»

«Pour payer la coke de ton p'tit ami?»

«Non plus. Je veux juste faire autre chose… pour voir…»

«Ici les filles travaillent surtout pour être vues», lui fit remarquer l'homme, fier de cette repartie.

«Je le sais», fit Lucie en levant les yeux au ciel.

«Bon écoute, j'ai pas de place pour toi ici, mais j'ai un autre club, à Black Lake, où tu pourrais peut-être commencer…»

«À Black Lake?» fit Lucie, décontenancée.

«Ben quoi! Danser tout nue, ici ou n'importe où, c'est pareil.»

«À Black Lake… j'y penserai.»

«C'est ça, pense-z-y, pis rappelle-moi. Tiens, v'là ma carte.»

Lucie rentra chez elle avec son oiseau sous le bras en pensant à Black Lake. Elle n'était jamais allée à Black Lake, mais elle imaginait une ville minière où la vie était grise, le ciel poussiéreux et les êtres tristes. Elle pensa à *Mon oncle Antoine,* au magasin général, aux paysages de neige, à la mort. «Black Lake», le nom anglais écorchait ses oreilles, il était rude, sec, cassant et tombait à plat. Encore si cela avait été le lac Noir, peut-être… au moins cela sonnait plus doux et permettait de rêver. Au fait, y avait-il seulement un lac à Black Lake et était-il noir? Elle aperçut son cygne blanc qui glissait sur une eau noire comme une nappe de pétrole, luisante sous la lumière basse d'une fin de journée... il pencha la tête, plongea le bec dans l'eau et disparut complètement.

❑

Le lendemain, dans un autre club, le patron ne la laissa même pas finir son numéro. Il l'interrompit en disant: «C'est un club topless ici, pas une maternelle.»

«Laissez-moi au moins finir», réclama Lucie.

«C'est trop long. Tu devrais déjà être tout nue. Descends, j'vas te montrer.» Il fit venir la barmaid et lui demanda de faire une démonstration à Lucie. La fille monta sur la scène, se déshabilla au rythme d'une musique populaire et simula l'extase dans diverses positions. Tout cela ponctué des commentaires du patron, à l'adresse de Lucie: «Tiens, après quelques secondes, on a déjà vu ses boules... Pis là, tiens, ça fait deux minutes, pis est complètement à poil... Oublie pas que les gars qui viennent ici, c'est pour voir du cul... R'garde, r'garde comment elle a l'air d'aimer ça... C'est ça aussi que les gars veulent voir: des femmes qui aiment ça... Tu sais, des saintes nitouches, y en ont déjà à la maison...» Après ce cours succinct sur l'art du déshabillage et la psychologie sexuelle mâle, Lucie rentra chez elle, vaguement écœurée.

Elle répéta son numéro devant le miroir, abrégea un peu «la première scène», resserra le déroulement, épura, enleva le superflu. Elle comprenait bien les arguments des propriétaires de clubs, mais elle avait l'impression qu'en accélérant le rythme, son numéro perdait de son lyrisme. Mais si elle voulait le rôle de danseuse nue — et elle le voulait —, elle devait composer avec les directives de ses futurs metteurs en scène, les patrons de clubs.

Après avoir fait la tournée de la plupart des clubs topless de la ville, elle finit par décrocher un «contrat» dans un faubourg du sud-ouest. Le club, situé à côté d'une grande usine, recrutait sa clientèle principalement parmi les travailleurs qui venaient y prendre leur repas du midi. La nourriture était gratuite, on n'avait plus qu'à payer sa bière. Le patron avait engagé Lucie parce qu'il était à court de personnel. Ce club n'avait pas la réputation d'être payant pour les danseuses et elles le dédaignaient; Lucie accepta l'offre, bien que l'idée de danser nue devant des hommes qui mangeaient des fèves au lard ou de la patte de cochon la déroutât un peu. Il fallait bien commencer quelque part.

Son numéro du cygne eut beaucoup de succès au début. On apprécia la nouveauté et, pensait Lucie, la poésie de ce strip-tease. Très tôt cependant, les clients se lassèrent et gardaient un peu plus les yeux dans leurs assiettes quand Lucie montait sur scène. Elle trouvait la concurrence déloyale: que pouvait-elle faire dans l'estomac et dans la tête d'un homme contre une assiette pleine, après une matinée à l'usine? Bientôt, le patron lui demanda de renoncer à son numéro, elle refusa. Il essaya ensuite de la convaincre de se prostituer, elle refusa également. Il réduisit ses heures de service, il ne la fit danser que les jours creux et Lucie finit par démissionner.

Elle se fit engager assez facilement dans un autre club. Après quelques mois dans le milieu des danseuses nues, Lucie avait assimilé les tics et les manies qui convenaient. Elle avait perdu de son innocence et de sa naïveté quand elle s'adressait à ses patrons ou à ses collègues, mais elle gardait son allure de jeune vierge sacrifiée quand elle dansait. La deuxième boîte où elle travailla était mieux située, plus près du centre-ville, et fréquentée par une clientèle plus diversifiée. Elle ne dansait plus le midi, mais le soir, jusqu'à tard dans la nuit. Dans ce deuxième club, tout comme dans le premier, elle refusa de se prostituer pour arrondir ses fins de mois. «Je suis une actrice, pas une putain», répondait-elle inlassablement à ses collègues et au patron qui lui faisaient miroiter les gains substantiels qu'elle pouvait y faire.

Elle fut vite classée parmi les originales, les bizarres, les «weirdos», et même les folles, par les habitués. Mais c'était une folle pour qui on éprouvait une certaine affection, et de temps en temps de l'admiration, à cause de sa ténacité et, aussi étrange que cela puisse paraître, à cause de sa probité.

Quand les filles lui demandaient comment elle arrivait à danser toute nue tous les soirs sans jamais se «geler la binne», elle répondait qu'elle «n'investissait pas son âme dans la danse à gogo» et puis qu'elle n'avait «aucun espoir».

«Qu'est-ce que tu veux dire?» ne manquait-on pas de lui demander en fronçant les sourcils.

«Quand je danse, je suis quelqu'un d'autre. Ce n'est pas moi qui danse, c'est un personnage. Les hommes ne me regardent pas moi, ils regardent un cygne. Et moi, Lucie, je ne cherche pas à leur plaire, à les séduire.»

«Moi non plus! Penses-tu que j'ai vraiment envie de coucher avec eux autres, ou même de leur faire des pipes? Je le fais juste pour l'argent.»

«Dans l'espoir de devenir riche.»

«Pourquoi pas? J'ai bien le droit, moi aussi, de rêver.»

«Et c'est justement parce que tu rêves que t'es obligée de te droguer.»

«Moi, je te parle plus, tu me déprimes», concluait-on souvent en tournant les talons.

Lucie démissionna de son deuxième emploi quand
le patron lui demanda d'abandonner son numéro du
cygne et elle se fit mettre à la porte du troisième club, à
la suite d'un incident provoqué par son numéro.

C'était un club mieux fréquenté, un peu plus chic
que le précédent, en plein centre-ville. Les clients
étaient surtout des touristes ou des hommes d'affaires
torontois à qui on avait fait croire qu'un séjour à Montréal n'est pas complet si on n'a pas été voir «les filles».
Son numéro étonnait et amusait les clients qui
croyaient y déceler une certaine ironie. Un soir, cependant, un client prit la chose très au sérieux.

C'était un homme dans la cinquantaine qui était
arrivé en compagnie de deux autres hommes, un peu
plus jeunes mais sûrement du même milieu, de la
même profession. Tout, dans l'attitude des trois
hommes, laissait croire que le plus vieux était le «pros-
pect», le client éventuel des deux autres. Les trois
hommes étaient déjà légèrement éméchés à leur arrivée, mais si les plus jeunes paraissaient avoir le vin gai,
le quinquagénaire, lui, était taciturne et ne semblait pas
s'amuser du spectacle de la chair nue. Les trois
hommes allaient partir quand Lucie fit son entrée sur
scène. En l'apercevant dans son costume à plumes
blanches, le plus vieux fit signe aux deux autres d'arrêter. Ils eurent un sourire de satisfaction. Quand Lucie
mit le cassettophone en marche, le quinquagénaire se
rassit, les deux autres en firent autant. Il paraissait stu-
péfait, les deux autres continuaient à sourire. Et Lucie
amorça les premiers mouvements de son pas seul: age-
nouillée devant le public, recroquevillée sur elle-même,
elle commençait par étendre ses bras ailés, son corps
se déroulait ensuite lentement pendant que ses avant-
bras battaient l'air mollement, puis elle étirait les bras
derrière elle, rejetait la tête en arrière, offrant la peau
laiteuse de son cou à la lumière d'un projecteur, mais

elle gardait les yeux fermés. Elle ramenait, dans la continuité de son geste, ses bras devant elle en les croisant devant sa poitrine tout en laissant rouler sa tête sur une épaule, puis elle penchait le buste en avant et dégageait ses ailes pour les ouvrir à nouveau. Elle redressait le buste, ses seins étaient nus. Elle pivotait ensuite sur ses genoux en gardant les bras en croix, on pouvait apprécier tout le travail de l'artiste qui avait créé le costume. Alors, elle se mettait debout, dos au public, levait les bras au-dessus de la tête jusqu'à ce que le bout des doigts de ses deux mains se touchent, et laissait ensuite retomber ses ailes très lentement le long de son corps avant de se mettre à marcher autour de la scène. Elle déambulait lentement en déployant ses ailes inutiles et les clients se taisaient. Se taisaient d'habitude. Ce soir-là, une voix monta, agressive, lorsque Lucie arriva à la hauteur des trois clients:

«Vous n'avez pas honte?»

Lucie garda les yeux fermés et continua de marcher. Mais une main saisit une de ses ailes et la força à s'immobiliser. Elle ouvrit les yeux: le quinquagénaire avait les yeux exorbités, le visage en feu, la bouche méprisante. Il s'était levé et voulait faire descendre Lucie de la scène:

«Ça suffit! J'en ai assez vu!»

Tous les clients du club avaient les yeux rivés sur eux. Lucie essaya d'abord de se libérer de l'emprise de l'homme, mais il était plus fort qu'elle.

«C'est la pire indécence que j'aie jamais vue! Vous mériteriez une correction! Garce! Insolente!» criait l'homme.

«Lâchez-moi!» lui intima Lucie fermement, tout en restant polie.

Pour toute réponse, elle reçut une gifle retentissante. Les notes du *Cygne* continuaient de s'égrener, les clients et les serveuses retenaient leur souffle. Lucie prit quelques secondes pour remettre de l'ordre dans ses idées et pour retrouver son sang-froid. Elle regarda l'homme dans les yeux:

«Qu'est-ce qui vous prend?» lui demanda-t-elle en se frottant la joue.

«Connaissez-vous seulement la musique qui joue?»

«Certainement monsieur. C'est *Le Cygne* de Saint-Saëns et c'est ma propre interprétation que vous entendez», répondit-elle en relevant la tête.

Il y eut une seconde de silence, vite brisé par les applaudissements d'une serveuse, bientôt suivie par deux de ses collègues qui riaient. Les deux hommes qui accompagnaient le quinquagénaire se levèrent, et l'un d'eux, s'adressant à lui:

«Je pense qu'on ferait mieux de rentrer. Allez, Charles, viens-t'en. On n'a plus rien à faire ici.»

Charles ne broncha pas, on aurait dit qu'il était frappé de surdité. Il continuait à fixer le regard de Lucie qui soutenait le sien effrontément. Elle lui dit, tout en reprenant possession de sa main:

«Monsieur, vos amis vous réclament.»

«Entendez-vous cette musique?»

Lucie fit signe que oui.

«Voyez-vous la place?»

Lucie fit signe que oui.

«Non. Vous ne la voyez pas. Regardez.» Charles saisit le menton de Lucie entre son index replié et son pouce et fit rudement aller sa tête de gauche à droite en gueulant: «Regardez! Ouvrez les yeux, imbécile! Savez-vous où vous êtes?»

«Dans un club de danseuses nues», articula difficilement Lucie.

«Et vous n'avez pas honte de faire descendre cette musique dans un pareil endroit de stupre? C'est une musique pour les enfants, pour les êtres purs!» cria l'homme.

«Vous vous trompez sur tous les tableaux! Cette musique est à tout le monde et les enfants ne sont pas purs!» cria Lucie tout en se dégageant de la poigne de Charles.

«Vous êtes bien placée pour parler de pureté! Vous n'êtes qu'une tricheuse! Vous trichez! Vous ne cherchez qu'à nous tromper: cette musique, cette mascarade, ce cygne!» fit l'homme en saisissant une aile et en la levant dans les airs. «Vous n'êtes qu'une agace, comme toutes les autres! Vous voulez nous exciter, nous faire ramper devant votre putain de corps! Faites-le au moins ouvertement! Vous voulez danser nue, eh bien! déshabillez-vous!» et il unit le geste à la parole en déchirant ce qui restait du maillot de la danseuse.

«Mais vous êtes complètement fou!» s'écria Lucie en reculant d'un pas.

Plusieurs clients avaient quitté la salle, de crainte que cette altercation ne tourne mal. Ceux qui restaient suivaient le débat avec intérêt. Quelques-uns ponctuaient les répliques avec des «Yééé» d'encouragement, tantôt destinés à la danseuse, tantôt à son adversaire. Les amis de ce dernier cherchaient un moyen de se sortir de ce faux pas avec élégance. Le patron finit par intervenir. Il se mit entre les deux belligérants et, s'adressant à Charles:

«Monsieur, s'il vous plaît, nous vous demandons de sortir.»

«Je sortirai quand j'en aurai envie.»

«Monsieur, s'il vous plaît…»

«Appelez donc la police!» défia Charles.

«Il n'est pas question d'appeler la police. Nous vous demandons poliment de sortir. Sinon, nous serons obligés d'intervenir», répliqua le patron en faisant signe à ses deux videurs d'approcher.

«Allez, Charles, viens-t'en…» ajouta un de ses compagnons en le prenant par le bras. Mais Charles se dégagea promptement:

«Je partirai quand j'en aurai envie.»

Pendant ce temps, Lucie ramassait les morceaux abîmés de son costume et rageait. Elle s'approcha de Charles en bousculant son patron:

«Monsieur, j'ignore qui vous êtes, ce que vous faites et combien vous valez, mais je suis à peu près certaine d'une chose: dans le domaine de la tricherie et du mensonge, vous êtes sûrement plus ferré que moi.»

«Non, mais cette salope m'accuse! Vous l'entendez? C'est du libelle!» répliqua vivement Charles en levant un index dans les airs.

«La belle affaire! C'est ça, cachez-vous derrière la loi. Appelez-en de vos droits. Vos droits acquis, vos droits sacrés, vos droits et libertés. Vous avez le droit de me traiter de tricheuse ou de salope, mais je n'ai pas le droit de vous traiter de tricheur ou de pédophile.»

Lucie dut élever la voix sur ces dernières paroles: un air disco montait maintenant de la scène, une danseuse commençait son numéro. On essayait de faire rentrer les choses dans l'ordre, cet intermède avait assez duré.

«Toi, ferme-la, pis va te rhabiller!» ordonna le patron à Lucie.

«Pédophile! Savez-vous ce que vous dites?» demanda Charles à Lucie qui passait outre l'ordre du boss.

«Oui, très bien. Qu'est-ce qui vous dérange tellement dans ma musique? Elle vous fait bander? De la musique pour les enfants purs! Ce n'est pas très moral, ça, mon cher monsieur. Qui sait, peut-être avez-vous déjà eu la tentation de les sodomiser, ces enfants du bon Dieu? Leur prendre un peu de cette pureté innocente?»

«Cette fille est complètement perverse!» s'exclama l'accusé.

«Le plus pervers de nous deux, c'est vous. Vous qui faites semblant de croire que les filles qui dansent ici le font pour vos beaux yeux. Pour vous séduire. Triple imbécile, ne voyez-vous pas qu'elles le font seulement pour manger? Qu'elles vous méprisent? Mais j'y pense: c'est peut-être d'être méprisé qui vous excite tant! Méprisé par quelqu'un que vous pouvez posséder quand le cœur vous en dit. Méprisé par quelqu'un qui vous est inférieur. Quelle jouissance!» Lucie empoigna alors la fourche du pantalon de Charles et dit: «C'est ça qui vous rend tellement orgueilleux?» Elle tâta un peu le sexe de l'homme et ajouta, méprisante: «Ça tiendrait dans une main d'enfant...» Puis elle tourna les talons et s'éloigna en direction de «la loge».

Charles se ressaisit, balbutia un presque inaudible «Elle va me le payer...» puis se laissa entraîner dehors par ses compagnons, talonné par les deux videurs qui n'avaient pas eu la chance de démontrer leur force de persuasion. Le patron s'en alla à son tour vers son bureau — appelé aussi «la loge» — en souriant malaisément de-ci de-là, à quelques clients à qui ne restait plus maintenant que le spectacle ordinaire d'un club de danseuses nues.

Lucie fut congédiée sur-le-champ. Le boss ne connaissait pas Charles, mais il connaissait les deux hommes qui l'accompagnaient et c'étaient des avocats puissants; les trois hommes avaient ensemble sûrement assez de pouvoir et d'influence pour faire fermer la boîte. La présence de Lucie ne pourrait que nuire au club. Lucie demanda une dernière faveur: qu'un des videurs la raccompagnât chez elle. Elle avait peur de Charles et craignait qu'il ne l'attende à la sortie du club pour lui «régler son compte». Le boss acquiesça, non sans sourire et en faisant remarquer à Lucie: «Tu cours après les coups, ma petite.»

Le soir même, elle appela le propriétaire du club de Black Lake pour lui demander s'il y avait toujours une place pour elle. Il ne se rappelait pas Lucie, il demanda à la voir le lendemain. En l'apercevant, il affi-cha un large sourire: «Ah oui! Là, j'm'en souviens!» Il s'informa de la carrière du cygne dont il avait eu des échos; il avait été très étonné du succès, bien que rela-tif, de ce numéro. Il l'engagea en lui promettant que, si son numéro marchait bien à Black Lake, il la ferait tra-vailler à Montréal. Elle décida de partir pour son nouvel emploi dès le lendemain.

Une fois ses valises bouclées, Lucie écrivit à Suzanne:

Chère sœur,
Ici, c'est le branle-bas de combat: on part demain en tournée à travers le Québec. Nous avons finalement eu la subvention qu'on attendait depuis longtemps. Te dire tout le remue-ménage que le transport d'un show occasionne! On se prend pour des gitans, des gens de cirque, c'est à la fois excitant et inquiétant, et j'ai l'impression que cette sorte d'errance renforcera davantage les liens de fraternité, de solidarité qui existent à l'in-térieur de la compagnie. C'est aussi cela le théâtre: une famille.
Ce sera la première fois que je jouerai devant un public de province. Crois bien que je n'accorde aucun sens péjoratif au mot «province», je n'oublie jamais que j'y suis née et que j'en ai sûrement gardé quelque chose (comme la plupart des Montréalais, d'ail-leurs). Certains prétendent que c'est un public plus difficile parce qu'il n'a pas l'habitude de la nouveauté, qu'il préfère les valeurs sûres et qu'il ne réagit pas spontanément aux spec-tacles qui sortent de l'ordinaire; d'autres disent au contraire que c'est un public chaleu-

reux et accueillant, moins critique que celui de Montréal parce qu'il voit moins de pièces, tout simplement. On verra. Je préfère partir sans idées préconçues et m'en remettre au travail de notre agent de presse pour nous assurer des salles combles. Quant à la réaction du public, je sais maintenant qu'elle est difficile à prévoir. On a beau présenter un spectacle unique, les interprétations sont aussi nombreuses qu'il y a de personnes dans la salle et on ne peut jamais savoir quelles peurs, quels souvenirs, quels fantasmes nous ferons échouer, telles des épaves marines, sur les rives de l'inconscient des gens.

La pièce que nous présentons est une création collective que nous avons «écrite» à partir d'une histoire vraie qu'une des filles nous a racontée. Je mets «écrite» entre guillemets, parce qu'on ne peut pas dire de cette pièce qu'elle le soit vraiment: les répliques sont rares, on ne se sert de la parole que pour éviter la confusion. Certains disent que nous faisons du théâtre gestuel, d'autres appellent cela de l'expression corporelle, terme que j'abhorre plus particulièrement; je préfère dire que nous faisons du théâtre, tout simplement.

Puisqu'il y a peu de chances que tu voies cette pièce, je te raconte l'anecdote en essayant d'être le plus bref possible. C'est l'histoire d'une Russe noble qui s'est enfuie de Russie un peu avant la Révolution. Elle n'a pas quitté son pays pour des raisons politiques, mais sentimentales: elle était perdue d'amour pour un homme du peuple et sa famille s'opposait violemment à cette idylle. Elle s'est enfuie avec l'homme de sa vie, d'abord à

Paris, puis à Montréal. Je te fais grâce des détails de leur exil et de leur existence au Canada. Pour l'essentiel, disons qu'ils vécurent isolés, reclus, dans un petit appartement de Rosemont, enfermés dans leur amour torturé, sans jamais s'intégrer à leur milieu d'adoption. Ils furent une énigme pour leurs voisins. L'homme, de 20 ans plus vieux que la femme, finit par mourir. Les obsèques furent discrètes, on peut facilement l'imaginer. Quelques jours après l'enterrement, les voisins commencèrent à s'inquiéter: ils n'avaient plus vu la femme. On alla frapper à sa porte en vain. On finit par demander l'aide de la police: dans l'appartement tout était soigneusement rangé, mais aucune trace de la Russe. Une voisine, sans doute plus perspicace que les autres, conseilla aux policiers d'aller faire un tour au cimetière où était enterré l'homme. On y trouva le cadavre de la femme: c'était en hiver, elle s'était couchée sur la tombe de son amant, sous un drap blanc, et s'était laissée mourir de froid.

Voilà pour l'histoire. Je sais que l'époque n'est pas à ce genre de drame, vaguement mélo, c'est vrai, mais personnellement, je trouve cela plus rafraîchissant que toutes les histoires de paumés qui se déroulent dans des hangars, des fonds de ruelles sales, des endroits mal famés, sous prétexte de faire plus actuel. Te dire ce que nous avons fait de cette trame serait beaucoup trop long, mais je fais confiance à ta vision de peintre pour mettre des images là-dessus. Et si cela peut t'aider, pense à moi dans le rôle de la Russe. Je sais, je sais, une Russe rousse, ça ne fait pas très orthodoxe, mais après tout, qu'est-ce qu'on en sait?

Je te parlerai seulement de la fin de la pièce. En prenant connaissance de cette histoire, j'ai eu un flash: cette femme est un cygne. C'est peut-être à cause du Lac des Cygnes, de Tchaïkovski, de toute l'idée qu'on se fait de l'âme russe, peu importe. Mais j'imaginais facilement un cygne parce que ces animaux sont fidèles et qu'ils se laissent mourir si leur «partenaire» disparaît. Mais quand je pensais à de la musique, je ne pensais pas à Tchaïkovski, plutôt à Saint-Saëns et au Cygne de son Carnaval des animaux que la Pavlova avait mis en scène. La Pavlova faisait mourir Le Cygne de Saint-Saëns même si en principe la musique ne décrit pas la mort du cygne, mais sa vie: elle décrit le glissement de l'oiseau sur l'eau calme. J'ai choisi ce Cygne parce que j'imagine aussi cette Russe blanche, d'une beauté et d'une élégance extrêmes, d'un raffinement discret, propre à l'aristocratie, d'une modestie semblable à l'apparente humilité du cygne, qui penche la tête, comme pour ne pas faire remarquer son incomparable beauté. Je trouve que le cygne est un oiseau très pudique. La pièce se termine donc sur une «chorégraphie» en blanc au rythme de la mélodie de Saint-Saëns et je pense que l'effet est assez réussi.

Je pourrais te parler encore longtemps de mon cygne, mais comme j'avais l'intention de t'écrire une lettre, non pas un roman, je m'arrêterai ici en espérant que je ne t'ai pas trop ennuyée.

Tu peux m'écrire à Montréal, je viendrai de temps en temps faire un saut à l'appartement. En passant, je trouve que tu pourrais m'écrire plus souvent. J'ai parlé à maman la semaine dernière et elle aimerait bien avoir plus souvent de tes nouvelles, elle aussi. Elle s'inquiète, tu la connais. Alors, rassure-la un peu.
Je t'aime et je t'embrasse,

Ta petite sœur

TROISIÈME PARTIE

La confrontation

XIII

La mort du cygne

«Ah non! Tu vas pas recommencer avec ton maudit *Lac des cygnes!*» s'exclame Gérard en voyant sortir Lucie de «la loge», vêtue de son costume à plumes blanches.

«C'est la dernière fois», rétorque Lucie, avec son air buté.

«La dernière fois... la dernière fois...» répète Gérard, l'air de ne pas y croire.

«Je vous le jure. Après, de toute façon, je ne danserai plus.»

«Et qu'est-ce que tu vas faire? Le ménage?»

«Comprenez-moi bien: je vous dis que je DÉMISSIONNE, que je ne travaille plus ici.»

«Ah bon!» fait le patron, vexé.

«Ne le prenez pas sur ce ton-là, c'est vous-même qui parliez de me mettre à la porte tout à l'heure.»

«Ouais, mais j'aime pas être le dernier à apprendre les nouvelles. Surtout quand ça me concerne directement. Tu t'en vas où comme ça?»

«Nulle part.»

«Nulle part... Et comment tu vas gagner ta vie?»

«Je m'arrangerai bien.»

«Pense à ton affaire, la petite. Moi, si tu veux toujours danser comme tu l'as fait tout à l'heure, je demande pas mieux que de te garder. Puis on sait jamais, un jour tu te décideras peut-être...»

«Me décider à quoi?»

«À faire un peu d'overtime, mettons.»

Lucie se contente de hausser les épaules et s'en va d'un pas décidé vers la scène. Mais un «Pssst, Lucie» la fait se retourner. C'est Shirley, la barmaid, qui l'appelle. Elle lui demande, de son index pointé, de regarder dans un des coins de la salle. Lucie scrute le coin désigné, mais ne voit rien de singulier. Ou plutôt si: une femme seule. Elle cherche à reconnaître sa sœur, en vain. Elle se retourne vers Shirley et lui fait non de la tête, puis regarde la femme à nouveau, non ce ne peut pas être elle: elle est vieille et usée. Suzanne est belle et jeune. Mais c'est vrai qu'elle a dû vieillir elle aussi, depuis cinq ans. Nouveau regard, non, ce n'est pas elle, elle ne viendra plus, il est trop tard maintenant. Lucie monte sur la scène, insère la cassette dans le petit cassettophone et commence son étrange ballet.

Derrière ses yeux fermés déferlent des images confuses entre lesquelles s'impose, par intermittence, le visage de sa sœur qui sourit. Lucie aurait voulu faire place nette dans sa tête pour cette dernière représentation, se donner tout entière aux mouvements de son corps, à son rôle, à son public, laisser entrer la musique... mais toutes ces images qui surgissent l'en empêchent. Elle pense à la courte carrière de son cygne: deux ans. C'est peu. Et c'est beaucoup. Pour une pièce de théâtre ou pour n'importe quel spectacle, deux ans, ce serait un record. Deux ans à reprendre soir après soir les mêmes gestes, guerre d'usure qui n'aura pas réussi à tuer sa mélancolie. Elle se revoit, essayant de vendre son cygne, puis elle pense qu'elle a eu de la chance, elle revoit des paysages aimés, autour de Black Lake: des villages et des lieux-dits aux noms irlandais ou écossais, des vallons traversés de routes sinueuses avec des flèches d'église qui surgissent dans les tournants, des lacs qui se fripent comme des joues de vieillardes, des ciels plus grands que nature, trop grands, avec une lumière changeante et affolante comme le vol nuptial des bécassines, des forêts où l'on peut encore cueillir l'ail des bois et de vraies oronges, où l'on peut causer avec les mésanges et les sittelles, tambour battant. La ville de Black Lake elle-même avait fini par paraître belle avec ses tas de déchets minéraux, sortes de terrils de l'amiante, qui changeaient de couleur selon la lumière de l'instant; au soleil couchant du plein été, ils devenaient ocre comme d'antiques pierres de forteresses médiévales et Lucie croyait apercevoir, à leur sommet, des chemins de ronde parcourus par des dieux vigilants. L'épisode de Black Lake avait duré quelques mois, suivi d'une tournée d'autres régions rurales, entre autres, un club où les filles, installées dans de petits boxes, faisaient des fellations aux clients pendant qu'elle dansait. Elle revoit la tête du médecin de Sainte-Rosalie qui lui avait demandé:

«Vous êtes enceinte de combien de semaines?»

«Mais je ne suis pas enceinte.»

«Alors, pourquoi voulez-vous vous faire avorter?»

«Je veux avorter de moi-même. Si j'avais vécu, je vous demanderais de m'euthanasier, mais puisque je n'ai même pas la douce illusion d'exister, je crois que je ne peux qu'être avortée. Qu'en pensez-vous, docteur?»

Le bon médecin de campagne en était resté bouche bée et s'était rejeté sur le dossier de son fauteuil. Il avait ensuite parlé d'en référer à un psychologue. Lucie lui avait demandé à quoi servait la médecine si elle ne pouvait même pas aider les gens à mourir quand ils le désiraient. Le médecin décréta qu'il n'avait pas de temps à perdre, que ses malades l'attendaient, de vrais malades, eux, qui voulaient vivre. Puis le retour à Montréal, où elle se sentait plus étrangère que jamais. Et l'incessant visage de sa sœur à qui il faudra bientôt raconter tout cela.

❏

Les dernières notes du *Cygne* grincent dans l'air et Lucie ne sait même pas si elle a dansé: il lui semble émerger d'un profond sommeil. La cassette finit, quelqu'un applaudit dans la salle et crie «Bravo». Lucie ouvre les yeux. La femme dans le coin s'est levée et applaudit, enthousiaste. Les habitués interrogent cette étrange cliente du regard, mais elle les ignore. Lucie plisse les yeux pour mieux la voir. La femme s'avance alors vers la scène en souriant et en se frappant la poitrine: «Lucie! C'est moi, Suzanne!» Lucie marche vers elle, méfiante, les sourcils froncés. «Ta sœur!» fait encore l'autre, en ouvrant les bras. «Suzanne?» «Eh oui. Me voilà!» Lucie descend de la scène, sa sœur la prend dans ses bras et la serre contre elle, puis, posant ses mains sur ses épaules, l'éloigne pour mieux la regarder: «C'est incroyable! t'as pas changé depuis que t'as douze ans!» C'est bien elle, c'est bien Suzanne: elle se reconnaît à cette façon qu'elle a de parler avec une pléthore de points d'exclamation et à l'éclat de ses yeux noirs, avides. Lucie frissonne, sortie toute nue du halo des projecteurs. Elle croise ses bras devant sa poitrine. Sa sœur la prend à nouveau contre elle, lui caresse les cheveux en disant: «Ma petite sœur...», l'éloigne encore:

«Je t'ai cherchée partout!»

«Moi aussi...» répond Lucie en baissant la tête.

«Enfin! Tu parles! T'es pas muette. Ça me fait tellement plaisir de te voir!»

«Même ici?» fait Lucie, éberluée. Tout se passe trop vite, pas au bon moment, pas à la bonne place.

Raté le coup de théâtre, ratée la réminiscence, raté le scandale, raté le drame. Elle n'a même pas reconnu sa sœur! Elle aurait dansé tout autrement, si elle avait su. Et puis, ces applaudissements incongrus, ce sourire heureux, ces paroles banalement prosaïques qui font tout basculer. Tout est raté, rien n'arrive comme prévu.

«Tu m'as joué un tour, hein? Je m'en doutais un peu: le Shotgun, tu parles d'un nom pour un théâtre! Mais t'aurais pu au moins me donner l'adresse...» fait Suzanne, moqueuse, en pinçant la joue de Lucie.

«Je vais aller m'habiller.»

«Je t'attends. Mais fais ça vite... J'ai l'impression que la nuit va être longue, je pense qu'on a pas mal de choses à se raconter... cachottière...»

«C'est elle, ta sœur?» demande Shirley à Lucie quand celle-ci passe près du bar. Lucie fait oui de la tête. «Dis-lui de venir s'asseoir ici, on va jaser.» «Dis-le-lui toi-même.» Et elle s'en va dans «la loge».

Un cliquetis de clés la suit, qu'elle feint d'ignorer. Avant d'entrer dans «la loge», elle se retourne pourtant vers Gérard en soupirant: «Oui?»

«C'est pour elle que tu t'en vas travailler?»

«Non.»

«C'est qui cette femme-là?»

«Je pense que j'ai droit à mon intimité, non?»

«Ben oui, ben oui, choque-toi pas.»

«Je peux m'habiller, mon adjudant?»

«Attends... T'as pas changé d'idée?»

«Non. Puis foutez-moi la paix», lance-t-elle, les yeux pleins de larmes. Elle entre dans «la loge» en claquant la porte derrière elle.

Le miroir en pied lui renvoie sa triste image de cygne déplumé, comme une poule qu'on s'apprête à rôtir. «Kek, kek, kek, kek», lance-t-elle au miroir, en agitant les coudes de chaque côté de son corps. Elle

s'arrête, laisse retomber mollement ses bras et soupire
à l'intention de la glace: «Tu t'es prise pour un cygne,
mais tu n'es qu'une vieille poule. Une vieille poule
mouillée! Regarde-le, ton cygne. (Elle présente son costume au miroir en l'agitant.) La belle allégorie! Tu l'as
traîné sans vergogne dans la boue. D'un oiseau tranquille et fidèle, tu as fait un objet de désir fangeux. Une
poule ne se fait pas cygne, ma cocotte! (Elle jette le
costume par terre.) Ton enfance ne ressuscitera pas.
Regarde ta sœur: elle n'a rien vu, n'a rien compris. Tu
l'as trouvée vieillie? Mais toi aussi tu vieillis, même si tu
refuses de grandir. Pauvre folle. (Elle se laisse tomber
dans le vieux fauteuil, face au miroir.) Qu'avais-tu imaginé? Qu'elle arriverait, t'apercevrait et t'enlèverait,
dans un geste théâtral, à cette vie honteuse? Que vous
partiriez vers des espaces infinis vous noyer dans le
noir des films d'amour? Là où on n'entend plus qu'un
souffle tranquille? Qu'elle apaiserait ton cœur? Qu'elle
rendrait à ta peau la douceur de l'enfance? Qu'ensemble, vous retrouveriez le silence? Que plus jamais
ton âme ne hurlerait à la mort? Quelle naïveté! Ton
numéro ne l'a même pas troublée. Elle n'a pas été
dupe de tes mensonges grossiers. Elle t'a vue toute nue
devant ces étrangers et elle a trouvé que cela était bien:
elle a applaudi! Ton cygne, pour elle, est insignifiant.
Qu'irez-vous chercher ensemble, maintenant? Par quel
moyen pourras-tu lui faire franchir les quelque trente
années qui vous séparent du lit de vos puériles
amours?»

«À qui tu parles?» demande Nathalie en entrant
dans «la loge».

Lucie sursaute.

«Mais tu pleures?» s'étonne Nathalie.

«Non... non... je récitais un texte... Une pièce qui
m'a toujours beaucoup émue», répond-elle en se levant
vivement du fauteuil.

«Ah bon, fait Nathalie, dans le temps que tu étais actrice?»

«Mais je suis toujours comédienne», réplique Lucie, vexée.

«Mais oui, je sais... je disais ça pour te taquiner», fait Nathalie en posant une main sur l'épaule nue de Lucie. Lucie esquive la caresse racoleuse de sa jeune collègue. Celle-ci se rapproche encore malgré le regard menaçant de Lucie. «Tu ne veux pas me jouer encore ta petite musique?» roucoule-t-elle. Mais Lucie s'éloigne un peu plus et réplique sur un ton amer :

«Toi non plus, t'as rien compris.»

«Compris quoi?»

«Tu penses qu'il s'agit de cul? Tu t'imagines peut-être que j'ai voulu te baiser?» tonne Lucie, rageuse.

«Qu'est-ce qui te prend?» fait Nathalie, estomaquée par la soudaine fureur de Lucie. Lucie la sage, la tranquille, la froide, l'indifférente.

«Y me prend que vous me donnez mal au cœur», répond Lucie en commençant à s'habiller.

«Qui ça, vous? Je t'ai rien fait moi. C'est toi qui as commencé. J'ai jamais essayé de te pogner le cul, moi!» La voix de Nathalie prend des inflexions hystériques.

«Moi non plus.»

«Ah non! Et tantôt? C'était quoi?»

«C'est ce que je dis: t'as rien compris.»

«Je comprends ce que je vois et je t'ai vue, non, je t'ai sentie me peloter tout à l'heure. Je l'ai quand même pas inventé!» s'exclame Nathalie.

«Je n'avais pas l'intention de te «peloter» comme tu dis», commence Lucie, méprisante, puis elle se calme soudain avant d'ajouter: «Je voulais juste essayer de revivre quelque chose. Mais tu comprendrais pas. De toute façon, maintenant c'est inutile.»

«Revivre quoi?» demande Nathalie, défiante.

«Laisse tomber.»

«Tu t'es servie de moi pour «revivre quelque chose» et j'aurais pas le droit de savoir quoi? Tu triches», lui fait remarquer la jeune danseuse.

«Moi, je triche?» commence Lucie coléreuse, puis elle se ravise et reprend sur un tout autre registre: «Bon d'accord, je triche. J'ai toujours triché. Mais ça n'a jamais fait de mal à personne.»

«Qu'est-ce que t'en sais?»

«Je le sais, c'est tout.»

«Tu penses que tu le sais. T'es trop égoïste pour imaginer ce que les autres peuvent ressentir», dit Nathalie en scrutant le visage de Lucie qui se dérobe.

«Bon. Ça suffit. On n'arrivera à rien. Et puis quelqu'un m'attend», conclut Lucie en finissant de s'habiller.

«Qui ça? Un client?» demande l'autre en se déhanchant, moqueuse.

«Non, ma sœur», s'empresse de répondre Lucie, cassante.

«Ta sœur? Ah bon! Ça doit être elle, la fille qui accapare Shirley.»

«Comment ça?»

«Depuis tout à l'heure, Shirley est en grande jasette avec une bonne femme qui vient d'Australie. Comme c'est la seule fille dans le club, pis qu'on est à veille de fermer, j'imagine que c'est ta sœur. Je savais pas que t'avais de la famille là-bas. En tout cas, vous vous ressemblez pas.»

«Possible.»

«Une chose est sûre, ta sœur est pas mal plus jasante que toi. «Possible. Peut-être. Ça se peut.» Tu fais vraiment le minimum», reproche Nathalie.

«Tu oubliais «sans doute». Bon maintenant, je dois y aller.»

«Lucie, fait la jeune danseuse en s'approchant de sa collègue qui a déjà la main sur la poignée de la porte, est-ce que demain on pourrait recommencer la petite musique?»

«Non. Demain, je ne viendrai pas.»

«Après-demain d'abord?»

«Non plus. Je ne reviendrai plus ici.»

«Gérard a fini par te mettre dehors!»

«Non, c'est moi qui m'en vais. Je ne danse plus.»

«On se verra plus jamais?»

«Ça m'étonnerait», répond Lucie en baissant les yeux.

«Et tu penses que tu fais jamais de mal à personne...»

«Nathalie, commence pas.»

«C'est toi qui as commencé.»

«Bon, d'accord. Je suis désolée. Je te demande pardon. Là, ça va mieux?»

«Tu penses que ça suffit, demander pardon. Au fond, t'es pas mieux que les hommes... Ou bien t'es aveugle.»

«C'est ça, je dois être aveugle.»

«Et méchante», rajoute Nathalie en se laissant choir dans le vieux fauteuil.

«Peut-être», concède Lucie, en s'approchant du fauteuil. Elle dépose son costume de cygne sur les genoux de la danseuse: «Tiens. Je te le donne.»

«Qu'est-ce que tu veux que j'en fasse?»

«Danser. Te prendre pour un cygne. Rêver. Entendre de la musique...»

«Et tu penses que ça attire les clients?»

«Y en a quelques-uns que ça excite.»

«Tu reviendras pas?»

Lucie fait non de la tête.

«Est-ce que je peux t'embrasser?»

Lucie hésite, puis se penche vers Nathalie qui renverse la tête. Leurs lèvres se rapprochent infiniment lentement, et se touchent. Les deux filles ne se laissent pas du regard. Lucie n'avait jamais embrassé quelqu'un d'autre que sa sœur (et toujours sans la voir); ou alors un comédien au théâtre, mais c'était faux. Elle chavire. Elle ne peut plus supporter ce regard triste qui plonge dans le sien, pendant que sur ses lèvres elle sent la douceur chaude et fraîche d'une bouche tendre et ferme qui s'offre et qui veut prendre. Le temps s'est arrêté. Elle ferme les yeux. Nathalie caresse la joue de Lucie puis éloigne doucement son visage du sien. Lucie ouvre les yeux. La jeune danseuse lui dit tout bas: «Je t'aimais, moi.»

Lucie n'a rien à répondre, elle sourit. Elle se retourne, ouvre la porte de «la loge» et sort.

XIV

En guise d'épitaphe

LES NÉONS DU SHOTGUN sont éteints et les premières lueurs du jour commencent à poindre quand les deux sœurs sortent du club. Lucie a fait ses adieux à ses collègues. Les filles ont insisté pour lui payer un dernier verre. Shirley surtout, qui essayait par tous les moyens de retenir Suzanne, et Suzanne ne s'était pas fait prier. Elle était la vedette, celle qui arrivait de loin et qui pouvait bien mentir, on n'en saurait jamais rien.

Assise sur son tabouret, Lucie se taisait et observait sa sœur; elle essayait d'accorder cette image vivante avec ses plus anciens souvenirs, avec ses plus récents rêves, mais plus Suzanne parlait, plus Lucie la sentait étrangère. Ce fossé ne pouvait avoir été creusé par cinq ans d'absence. C'est vrai qu'avant l'Australie, il y avait eu les États-Unis, puis la France, puis l'Angleterre; Lucie n'avait que très peu vu sa sœur depuis qu'elle avait quitté la maison. Elles avaient toujours correspondu, mais il est facile de mentir dans les lettres, Lucie en savait quelque chose. Pendant toutes ces années, elle avait entretenu le cher souvenir d'une Suzanne enfant qui inventait et menait des jeux dans lesquels elle se perdait avec délices. La vivante Suzanne qui était assise là faisait outrage à ces souvenirs; à côté de cette réalité de chair et d'os, l'idéal amoureux de Lucie se recroquevillait, se tassait dans un coin comme une vieille chose, et elle se sentait désespérément seule. Elle serait toute seule désormais dans son fondu au noir, elle tremblerait de peur comme un enfant dans la nuit. Coupez! Coupez! aurait-elle voulu crier, comme un réalisateur qui s'énerve parce que les acteurs trahissent le scénario. Que viennent faire ces commères intarissables au beau milieu d'une scène d'amour? Faites-les taire, nom de Dieu! D'ailleurs, où est l'enfant? Au maquillage, maestro. Mais bon sens, elle est toujours au maquillage! C'est qu'il y a beaucoup de travail à faire, maestro.

Le corps de Suzanne avait épaissi. Lucie redoutait l'épaisseur comme un signe avant-coureur de la déchéance. Elle regardait sa sœur boire sa bière à la bouteille, fumer comme une locomotive, éclater de rire à tout propos; elle la trouvait vulgaire. Elle s'irritait de ses phrases lancées en anglais. Elle s'attachait fixement au visage de Suzanne, lui aussi épaissi et ridé, là, autour des yeux et de la bouche. Les longs cheveux noirs accrochés aux souvenirs de Lucie avaient été coupés courts, au ras de la nuque, et des fils argentés s'y emmêlaient. Ses mains — qui mimaient pratiquement chaque parole, chaque point d'exclamation, chaque point de suspension — étaient encore plus ridées que son visage, traversées par des veines gonflées qu'on pouvait suivre autour du poignet et dans la peau blanche et molle des avant-bras. Maestro, maestro! le maquillage dit qu'il n'en viendra jamais à bout.

«Je ne voudrais pas passer pour une ennuyeuse, mais j'aimerais bien aller me coucher maintenant», avait fini par lâcher Lucie, en voyant sa sœur prête à attaquer une autre bière.

«T'as toute la journée pour dormir. Pour une fois… fais un p'tit effort», réclama Shirley.

«Je suis fatiguée», soupira Lucie.

«Eh que t'es plate!» s'exclama une autre danseuse.

«Sans doute», concéda Lucie.

«Je finis ma bière et on y va», fit Suzanne, avant de porter le goulot de la bouteille à sa bouche.

Lucie ne répondit pas, mais poussa un long soupir.

«Ta sœur, elle te ressemble pas. Est pas sociable pantoute. Y a jamais moyen d'avoir du fun avec», fit Shirley à Suzanne.

«C'est vrai qu'elle a toujours été un peu spéciale, ma petite sœur», reprit Suzanne avec un regard attendri pour Lucie. Puis, en passant son bras autour de ses épaules, elle ajouta à la ronde: «She's such a cute little thing!»

La conversation prit alors une tournure qui déplut à Lucie: on se mit à faire l'inventaire presque complet des différences entre les deux sœurs. Dans cette comparaison détestable, Suzanne, évidemment, remporta la palme de la popularité. Lucie ne dit rien.

Dès que sa sœur eut avalé la dernière gorgée de sa bière, Lucie se leva d'un bond et mit son sac sur son épaule. Les deux sœurs quittèrent le club, chaleureusement saluées et embrassées par les employées, sauf Nathalie qui s'était esquivée par la sortie de secours.

❑

«Elles sont plutôt sympathiques, tes amies», fait Suzanne dès qu'elles sont dans la rue.

«Ce ne sont pas des amies, mais des collègues», corrige Lucie.

«*C'étaient* tes collègues. Pourquoi tu laisses ton travail?»

Lucie hausse les épaules et soupire: «Tu me l'aurais demandé trois heures plus tôt, j'aurais pu te le dire, mais maintenant, je le sais plus. Je suis un peu mêlée.»

«Qu'est-ce qui se passe, Lucie?»

«Rien.»

«En tout cas...»

«...»

«Eh bien moi, je suis très contente d'être à Montréal, dans mon pays, d'entendre du monde parler ma langue...» commence Suzanne d'un ton joyeux.

«C'est pour ça que tu parles à moitié en anglais?» interrompt Lucie, sèchement.

«Faut pas m'en vouloir, ça fait des années que je vis en anglais. Laisse-moi le temps», rétorque Suzanne en prenant le bras de sa sœur. Puis elle ajoute, en lui tapotant la main: «Give me a break, darling. Tu changes pas, hein? Toujours aussi intolérante.»

Lucie se raidit, dégage son bras et, pointant de l'index le prochain coin de rue: «On va prendre un taxi au poste, là-bas.»

Les deux sœurs marchent en silence jusqu'à la voiture et prennent place sur la banquette arrière. Suzanne se tourne vers sa sœur: «Qu'est-ce que t'as? On dirait que t'es pas contente de me voir.»

«Non, non. Je suis très contente», répond Lucie en baissant les yeux.

«T'es pas très convaincante. Tu réalises pas? Ça fait cinq ans qu'on s'est vues. Cinq ans! T'es plus froide qu'un bloc de marbre. Tu me regardes même pas! Je te dérange?»

«Je te demande pardon. Je suis un peu préoccupée.»

«T'as des remords de conscience?»

Lucie regarde par la vitre la rue qui défile. Sa sœur passe un bras autour de ses épaules et la force à s'appuyer contre elle: «Pauvre petite Lucie. T'avais honte?»

« ... »

«Pourtant...»

«Quoi?»

«J'ai trouvé que tu faisais très bien ça.»

«Je t'en prie.»

«Non, c'est vrai. Je dois dire que quand j'ai vu le Shotgun, j'ai eu un choc. Je me doutais bien que tes lettres cachaient quelque chose, par bout, ç'avait pas de bon sens. Tu sais, tu te coupais parfois dans tes mensonges. Mais j'avais pas imaginé un club topless! Quand j'ai vu la place, je me suis dit: «Mon Dieu! Comment est-elle tombée si bas?» et puis je m'en suis voulu de pas avoir compris ce qui se passait, de pas avoir bien lu entre les lignes de tes lettres. Et là, je m'attendais à te voir complètement défaite, démolie par la dope. Alors tu comprends, quand je t'ai vue apparaître sur la scène, j'ai été bouleversée: une petite fille! Je dois dire que ça m'a émue. Quelque chose de magique s'est passé. Et puis, je me suis rappelé ta passion du théâtre, comment tu voulais tellement réussir, comment t'avais idéalisé le théâtre, tout ce que t'en attendais, tout ce que t'étais prête à y mettre, tous les efforts, les sacrifices que t'avais faits et j'ai pensé que si tu m'avais menti dans tes lettres, c'est que tu pensais avoir échoué. À la fin, j'ai applaudi parce que je pense que tu as réussi, au contraire.»

«Arrête.»

«Pendant que tu dansais, il y avait quelque chose de magique dans l'atmosphère, quelque chose se passait: tu créais. Tu faisais naître de l'émotion, tu faisais arriver des images... Tu sais, y a peut-être pas beaucoup de rôles qui t'auraient donné la chance de faire tout ça, sans aucune parole, aucun décor, aucun prétexte, aucune finalité, rien, rien que toi, à nu.»

«T'es peut-être plus réceptive que le public ordinaire. À t'entendre parler, j'ai l'impression que c'est plutôt toi qui créais — dans ta tête — que moi, sur la scène, si on peut appeler ça une scène.»

«Mais grâce à ton pouvoir d'évocation! En quelques minutes, il m'est venu plus d'images qu'en une heure de théâtre. Et Dieu sait que j'en ai vu, des pièces.»

«C'est parce que tu me connais. C'est pas ma performance qui t'as émue, c'est moi. C'est pas ça, le théâtre.»

«Tu te trompes. Je suis capable de faire la part des choses. Et puis c'est quoi, le théâtre?»

«Je le sais pas encore.»

«Tu en attends trop.»

«Peut-être. Mais toi, tu n'attends rien de la peinture?»

«Bien sûr que j'attends beaucoup, mais moins qu'avant. Je ne me mets plus au monde chaque fois que j'entame une toile blanche.»

Lucie ne réplique pas. Elle tourne encore son visage fermé vers la rue. Suzanne se tait. Au bout d'un moment, Lucie finit tout de même par demander:

«Qu'est-ce que c'est les images qui te sont venues pendant que je dansais?»

«Ce serait difficile à décrire. En fait, c'était plus des émotions que des images. Et puis c'était un peu confus. Une espèce de mélange d'enfance et de mort, de soumission, de désir rentré, de peur aussi quelque part. Comme un cri qui ne voulait pas sortir. Troublant. Enfin, comme je t'ai dit, c'est difficile à décrire, c'est un peu flou. Faudrait que j'y repense.»

«Mais ça ne t'a pas rappelé de souvenirs précis...»

«Pas vraiment des souvenirs... en tout cas, pas des souvenirs conscients.»

Le taxi ralentit puis s'immobilise. Les deux filles sortent dans la rue déserte.

«Tu veux vraiment rentrer maintenant?» demande Suzanne.

«T'es pas sérieuse? T'as pas l'intention de sortir? Tu te sens pas fatiguée du voyage?» fait Lucie, interloquée.

«Je suis encore sur le jet lag, j'aime ça, c'est comme une espèce d'ivresse. Puis j'ai pas envie d'aller me coucher tout de suite.»

«Moi, ça me déprime de voir le jour se lever ailleurs que dans mon lit.»

«T'es straight, ç'a pas de bon sens!» s'exclame Suzanne en entourant tout de même les épaules de sa sœur de son bras. «O.K., O.K., on va tranquillement aller faire dodo, finit-elle par acquiescer, ironique, en suivant Lucie dans l'escalier, comme deux bonnes petites filles modèles».

Lucie sourit en insérant la clé dans la serrure. «Les petites filles modèles», cela lui rappelle les petits livres roses à couverture rigide de son enfance. «Si on m'avait nourrie de Bob Morane, j'en serais peut-être pas là aujourd'hui», pense-t-elle.

La porte s'ouvre sans bruit, Lucie fait de la lumière: l'appartement est sens dessus dessous, Suzanne y a déjà apporté toutes ses affaires. Des cartons, des toiles, des valises, même un meuble occupent pêle-mêle le petit studio et le rendent méconnaissable. Lucie est prise d'une nausée subite: elle ne supporte pas le désordre qui, tout comme l'épaisseur, conduit à coup sûr à la déchéance. Elle ferme les yeux un instant. Elle voudrait crier à sa sœur de s'en aller, de disparaître de sa vue. Mais elle n'en fera rien. Elle retrouve son sang-froid aussi vite qu'elle l'a perdu, ouvre les yeux et cherche dans ceux de sa sœur la Suzanne de son enfance. Où est donc la petite fille modèle? Mais Suzanne n'a jamais été une petite fille modèle, ce n'est pas cinq ans d'Australie qui l'ont changée en bon petit diable. Lucie se laisse aller à un rire mélancolique et demande à sa sœur: «Te rappelles-tu les livres de la Comtesse de Ségur?»

«Vaguement.»

Lucie avance dans l'appartement, effleure les cartons: «Va falloir déménager dans un appartement plus grand, on dirait.»

«Non, non, t'en fais pas pour moi. Je resterai pas ici longtemps. Demain matin, je vais me chercher quelque chose. Je ne veux surtout pas déranger ta vie.»

Lucie sourit. «En tout cas, cette nuit, on va devoir partager le même lit», dit-elle.

«Comme quand on était petites», ajoute Suzanne, amusée.

«Tu te trompes. Papa a jamais voulu qu'on dorme dans le même lit. La même chambre, oui, mais pas le même lit. C'était trop dangereux.»

«C'est vrai. J'avais oublié.»

«Elle a dû tout oublier de son enfance», pense Lucie.

XV

Les deux sœurs
se retrouveront-elles?

«TU N'AS PRATIQUEMENT PAS VIEILLI depuis cinq ans...» fait Suzanne, songeuse. Assise sur le tabouret du piano, elle observait silencieusement Lucie qui déployait le sofa-lit.

«Je sais», se contente de répondre Lucie, sans même lever les yeux vers sa sœur. Elle n'aime pas la façon dont Suzanne la regarde, avec insistance, comme les hommes au club quand ils regardent danser les filles avec une convoitise dégoulinante.

«C'est bizarre», continue Suzanne, comme pour elle-même.

Lucie ne répond pas.

«Tu ne penses pas?» demande Suzanne à sa sœur qui passe tout près d'elle.

«J'imagine, laisse alors tomber Lucie, feignant l'indifférence la plus agacée, mais ses joues ont rosi et sa voix est mal assurée. Mais à cette heure-ci, je ne pense pas beaucoup», ajoute-t-elle en s'esquivant vers la salle de bains.

Suzanne fait pivoter le banc du piano et balaie le clavier du revers des doigts. Elle ouvre le cahier appuyé contre le chevalet et commence à jouer *Le Cygne* de Saint-Saëns. Elle s'arrête au milieu du morceau, gênée par la présence de sa sœur qui vient de sortir de la salle de bains: «Tu ne joues pas très bien», lui fait remarquer Lucie avec sévérité.

«Ça fait tellement longtemps que j'ai joué, s'excuse Suzanne en haussant les épaules, puis elle se lève et invite d'un geste sa sœur à prendre sa place. Mais toi, tu dois bien jouer. Tu veux le jouer pour moi?»

«Tu trouves pas qu'il est un peu tard pour ça?»

«C'est si court», fait Suzanne, presque suppliante.

Lucie prend place et entame la musique qu'elle connaît trop bien. Suzanne reste debout, appuyée sur le coin du piano. Vue sous cet angle — légèrement en plongée — Lucie semble encore plus jeune. Suzanne la revoit enfant, quand elle avait donné son premier concert, elle était tellement touchante. Elle l'avait toujours été, d'ailleurs, à cause de sa fragilité peut-être, de ses grands yeux pers, de sa façon naïve d'aborder toutes choses en s'y mettant corps et âme. Elle avait dû garder cette espèce d'intégrité et ce devait être cela qui la faisait paraître si jeune. En ce moment même, elle était tout entière à cette musique qu'elle connaissait par cœur et qu'elle jouait les yeux fermés. Que se passe-t-il donc derrière ces paupières blanches, presque transparentes? Pourquoi évite-t-elle son regard depuis qu'elles se sont retrouvées? Parce qu'elle a honte sans doute, honte de son métier, honte surtout d'avoir menti, elle qui a toujours détesté le mensonge. Lucie se dérobe, comme un enfant qui a peur de se faire punir. Suzanne arrête ses pensées, se laisse un instant gagner par la musique.

Il y a autre chose que la honte dans le regard fuyant et glacé de Lucie, dans son visage fermé, sur son rictus dédaigneux: du mépris. Mépris, méprise, comme si elle s'était trompé de personne et mépris, dédain, répugnance. Je ne corresponds peut-être pas à l'image qu'elle avait gardée de moi, pense Suzanne. C'est toujours comme ça, quand on retrouve quelqu'un après une longue séparation: on est surpris de voir comme les autres ont changé, comme ils ont vieilli; on ne s'aperçoit pas de son propre vieillissement. C'est vrai que Lucie, elle, n'a pas changé. Mais Suzanne ne l'envie pas. Elle sait bien qu'elle a vieilli; elle le sait, mais elle se dit qu'on ne peut pas vivre pleinement sans que cela ne laisse de traces. Chaque ride, chaque cheveu gris est presque un trophée à la gloire de la vie qui dévaste tout sur son passage. Tout ce qui vit est appelé à mourir: c'est un des préceptes de Suzanne. Vieillir, c'est faire la preuve qu'on est bien vivant. À un ami qui lui avait fait remarquer, un jour, qu'elle avait des «valoches» sous les yeux, elle avait souri, puis elle avait dit: «Forcément, on ne peut pas s'en mettre plein la vue sans résister à l'envie de rapporter quelques souvenirs. C'est pratique, les valises, quand on voyage beaucoup.» Le mot était resté et sans doute faisait-il encore sourire les quelques amis laissés derrière elle après son passage à Paris. Suzanne-la-Voyageuse trouve aussi que la vie est trop courte, alors elle se dépêche de prendre tout ce qu'elle peut, souvent sans faire le tri. Elle pense qu'elle aura bien le temps de faire la part du bien et du mal, quand elle sera au paradis avec les anges... asexués. Tout à coup, elle a l'impression de comprendre le trouble que lui a inspiré l'air si jeune de Lucie: elle ne vit pas. Elle est là sous ses yeux, dans sa blancheur spectrale. Un fantôme, pense Suzanne, et un long frisson lui parcourt le dos.

Lucie joue les yeux fermés, et dans sa tête, c'est toujours le même spectacle, mais là, sa sœur la regarde et elle la sent qui la regarde, qui l'épie, qui la cherche.

Mais que cherche-t-elle, au juste? Elle ne se rappelle sûrement pas les jeux amoureux de l'enfance, puisqu'elle n'a eu aucun souvenir en voyant danser le cygne. Cette nuit est sa dernière chance, mais elle n'y croit déjà plus. Elle ne croit déjà plus que les deux corps profiteront de l'obscurité agonisante pour se vautrer dans les heures bénies de l'enfance. Suzanne n'a aucun souvenir, et Lucie se retient de parler. Comment lui révéler son obsédant fondu au noir? Et même si cette nuit devait les réunir dans un baiser, sera-t-il celui apaisant de l'enfance, ou celui troublant de sensualité et de chagrin de Nathalie? La nuit s'achève. Bientôt le jour se lèvera et la lumière condamnera toutes les pensées de Lucie, maudira tous ses gestes retenus. Elle ne veut pas ouvrir les yeux; elle ne veut pas voir sa sœur vieillie et étrangère.

Le morceau pourtant «si court» s'achève, et Lucie ouvre les yeux, mais elle ne les lève pas vers Suzanne, elle les garde accrochés aux dents noires et blanches du clavier. Elle a docilement posé ses mains à plat sur ses cuisses.

«Tu joues très bien», lui dit Suzanne.

«Merci», répond Lucie, en s'efforçant de lever la tête et de sourire à sa grande sœur.

«Mais ça me fait l'effet d'une berceuse», ajoute Suzanne en bâillant.

«À l'heure qu'il est, Led Zeppelin te ferait le même effet, conclut Lucie en gagnant son lit. Bonne nuit.»

Suzanne la regarde sans répondre: elle a passé une robe de nuit en coton toute blanche avec de la dentelle à l'encolure; on dirait une communiante.

❑

Suzanne se glisse sous la douche bouillante et drue. L'eau lui martèle la tête et les épaules. Elle aurait bien passé le reste de la nuit à courir les rues, à faire la fête à sa ville retrouvée. Mais son fantôme de sœur n'a pas l'air d'avoir la tête à ça! Suzanne a feint de s'endormir pour libérer Lucie: elle sentait bien qu'elle n'en pouvait plus de sa présence. Elle se rend compte qu'elle ne connaît pas sa sœur. Elle n'en a que de vagues souvenirs: quand elles étaient encore toutes petites et qu'elles partageaient la même chambre; quand elles étaient pensionnaires et que la petite était malheureuse comme une pierre, qu'elle pleurait sans arrêt; mais après? Elles se sont perdues de vue depuis longtemps. Lucie n'a pas l'air d'avoir changé: elle doit souffrir encore de ses angoisses morbides du temps qu'elle était pensionnaire. En tout cas, l'atmosphère ici est étouffante, l'air est lourd. Suzanne pense qu'elle aurait peut-être mieux fait de coucher à l'hôtel. D'un autre côté, sa petite sœur a peut-être besoin d'aide. Oui, mais l'Armée du Salut, ce n'est pas tellement son genre. Suzanne n'a toujours vécu que pour elle-même, affichant un égoïsme triomphant. Elle referme les robinets, la tuyauterie cogne un peu et le silence revient sur cette nuit tellement décevante. Suzanne s'était attendue à des débordements de joie et d'allégresse; elle a à peine eu droit à de vagues sourires, et encore, que de mélancolie dans ces sourires!

❑

Suzanne n'a pas sommeil. Elle s'assoit toute nue dans le seul fauteuil du salon-chambre à coucher et allume une cigarette. L'aube glisse entre les lamelles du store et éclaire faiblement la pièce d'une lumière blanchâtre et voilée. La petite doit être contente, elle s'est endormie avant que le soleil se lève, pense Suzanne en regardant sa sœur dormir. Elle la verrait sucer son pouce qu'elle n'en serait pas surprise. Dans son grand lit, elle ne prend qu'une très petite place et il vient tout à coup à l'idée de Suzanne que sa sœur, dans ses lettres, au téléphone, ne lui a jamais parlé d'un homme, ami ou amant. A-t-elle passé toutes ces années sans personne avec elle? Les danseuses topless n'ont-elles pas toutes un mac? Suzanne éteint sa cigarette, marche vers la fenêtre, écarte les lamelles du store: la rue est tranquille, la ville dort encore. Suzanne se sent piégée depuis qu'elles sont entrées dans l'appartement. Maintenant, elle se sent épiée. Elle retourne à son fauteuil, allume une autre cigarette. Une boîte posée sur le piano attire son attention. Elle se lève encore, prend la boîte et se rassoit. Des lettres, les siennes, des cartes postales, les siennes, des cartons d'allumettes et puis, curieux, une statuette phosphorescente de la Vierge. Lucie serait-elle croyante? À moins que ce soit pour la décoration... Lucie a peut-être plus d'humour qu'il ne paraît. Suzanne pose la statuette sur le dessus du piano et sourit en regardant le faible halo vert phosphorescent. Elle se dit que ça va peut-être revenir à la mode, comme les néons. Tout au fond de la boîte, il y a une enveloppe qui lui est adressée. Suzanne jette un œil sur sa sœur qui dort, retourne l'enveloppe plusieurs fois, relit l'adresse, a-t-elle le droit de l'ouvrir? Bien sûr, elle lui est adressée. Oui, mais elle n'a jamais été envoyée. Peu importe qu'on ne l'ait jamais expédiée, on l'a écrite. Et Suzanne finit par céder à la curiosité.

> *Je suis un tombeau qui brûle.*
> *Des flammes intarissables*
> *lèchent ma mémoire d'ange égaré*
> *fosse abyssale où seule brille la verte lueur*

d'une madone phosphorescente.
Mille couronnes mortuaires ne pourront
consoler ma peine d'être morte
avant que d'avoir éprouvé l'illusion de vivre.

Je me suis unie aux mésanges
et de notre union sont nées des colombes
à têtes de corbeaux.
J'ai dansé sur les flots d'un étang londonien
avec des cygnes cultivés
mais refusé la mie de pain rassis
qu'une vieille me jetait.
J'ai traversé l'Amérique du sud au nord
sur une nuée de colibris
couverts d'émeraude et de rubis.
Au bout de mon voyage
j'ai entendu la plainte d'antiques lilas
sous le rire des sécateurs qui valsaient.
J'ai migré avec l'obstination
des saumons en rut
mais je me suis perdue en chemin
et je n'ai pas su échapper à ma solitude.

Seule de ma race.
Première et dernière.
Venue de nulle part.
Avec nulle part où aller.

Sans but à espérer
sans lumière à rencontrer
sans repos pour mon âme
épuisée d'errance.

Je suis un tombeau qui brûle
mais ne se consume.
Les flammes lèchent la fosse
creusée par ma mémoire
mais ne peuvent en pénétrer le cœur.

Des aigles fondent sur moi
puis se détournent.
Je suis une charogne gangrenée qui résiste.

J'ai inventé des histoires
dont je connaissais la fin
et je me suis retrouvée
dans la solitude des dieux amers.

Suzanne lit et relit. Elle n'en croit pas ses yeux. Elle replie soigneusement la lettre, la remet dans l'enveloppe et se demande à quand remonte cette étrange lettre qui n'est ni signée ni datée. On dirait les dernières paroles d'un suicidé. Lucie aurait-elle voulu mourir? Elle la regarde dormir, on dirait un ange. *Un ange égaré?* Ça ressemble un peu à un fantôme, ça! *Un tombeau qui brûle mais ne se consume.* Quelle horreur! Mais pourquoi ce désespoir? Parce qu'elle n'a pas su devenir l'actrice qu'elle avait rêvée?

Suzanne avait bien soupçonné le mensonge dans les lettres de Lucie qui vantaient ses succès au théâtre, mais elle n'avait pas mesuré l'immense désespoir que ces missives recelaient. Et c'est de la folie! Pure folie. Elle a beau être danseuse nue, elle est quand même actrice! Bon, d'accord, ce n'est pas *Roméo et Juliette,* ni *Hamlet,* ni même une pièce de Feydeau... Mais tout de même! C'est du théâtre, et elle le fait bien. Vaut mieux une danseuse topless émouvante qu'une Juliette qui déclame! Et ce n'est sûrement pas une raison pour désespérer au point de se croire une *charogne gangrenée* machin... Le théâtre, c'est un métier; même si c'est un art, ce n'est qu'un métier. Aucun art ne demande qu'on lui sacrifie sa vie. Exercer son art en dehors de la vie elle-même est sans issue, c'est une entreprise mort-née. La création artistique ne peut se concevoir en dehors de la Création, hors du grand tout, hors de la vie; elle doit au contraire y participer jusque dans ses replis les plus secrets. C'est ainsi, du moins, que Suzanne envisage son travail de peintre, et c'est ainsi qu'elle voudrait que Lucie conçoive son travail d'actrice. Demain matin, elle lui en parlera; enfin, elle essaiera. Parce que Suzanne est très mauvaise pédagogue, elle n'aime pas expliquer. Elle crée, un point c'est tout. Ses coups de pinceaux partent du ventre, comme elle dit, rarement de la tête. Mais elle a trop lu de lettres de Lucie pour ignorer que cette dernière aime se gargariser de belles théories comme pour désincarner le plus possible l'œuvre artistique, lui enlever tout ce qui peut encore ressembler à de la chair, tout ce qui respire et veut vivre, tout ce qui est à la fois vivant et putride. Elle analyse, intellectualise tout. Et puis, non, Lucie n'est peut-être pas aussi froide qu'elle essaie de le faire croire. Suzanne sourit: à Montréal, elle s'attendait à trouver une petite intellectuelle du théâtre, sèche et hautaine; elle y a découvert une actrice humble et généreuse. Non, Lucie est une véritable actrice, comme elle est une véritable peintre. La différence, c'est que Lucie ne le sait pas encore.

Suzanne allume une autre cigarette. Elle se lève, se dirige vers le réfrigérateur en quête d'une bière fraîche. Rien. De l'eau ou du lait. Elle retourne s'asseoir, comme une infirmière qui veillerait un malade. Lucie dort comme un bébé. C'est peut-être tout simplement une peine d'amour qui a inspiré cette lettre... Ce n'est pas exclu, même si Lucie ne lui a jamais parlé d'un homme dans sa vie. Elle a quand même trente-trois ans, elle a bien dû connaître quelques hommes, en aimer, en pleurer. Des hommes ou des femmes, Suzanne ignore jusqu'à la préférence sexuelle de sa sœur. Qu'importe. Les peines d'amour, on en meurt rarement. Quoi qu'en laissent croire les faiseurs de mythes du théâtre, de la littérature, du cinéma, de la musique qui bourrent le crâne des jeunes filles complaisantes depuis des siècles.

Suzanne pense que, si une peine d'amour a fait écrire ces lignes à Lucie, il ne faut pas s'inquiéter. Elle en guérira. Suzanne en veut pour preuve ses nombreuses cicatrices d'amoureuse invétérée. Elle est encore bien vivante, prête encore à aimer, en toute connaissance de cause. Que sont les souffrances des amours qui s'achèvent en comparaison des grands vertiges des amours naissantes? Et puis ces vertiges ne seraient pas si enivrants si on ne savait, au départ, que tout finira. Un amour garanti à vie? Suzanne n'en a que faire. Elle repense aux hommes qu'elle a aimés. L'image de Lorne, difficile à oublier celui-là, s'impose dans sa tête. Et dans son ventre. «Quel baiseur!» chuchote-t-elle. Elle sourit en pensant à leurs nuits d'amour. Comme elle aimait la caresse de cet homme, sa perspicacité à dénicher les sources les plus secrètes de son plaisir. Ses épaules, ses cuisses, son sexe, le grain de sa peau, son odeur... tout est encore tellement vivant dans le corps de Suzanne. Elle en frémit. Mais c'est peut-être le décalage horaire et la fatigue qui finalement la gagnent. Elle s'arrache du fauteuil en espérant que le sommeil coupera court à ces réminiscences.

Elle s'étend sous la couette chaude à côté de sa sœur, dans la grande place vide. Ça sent bon le coton propre et rugueux. Suzanne colle son nez contre la nuque de sa petite sœur: une étrange odeur de feu, de sable qui chauffe au soleil... une odeur de petite fille. Suzanne y dépose un baiser, se serre contre le corps chaud qu'elle enlace, puis s'endort en souriant. Dans la pièce, il fait maintenant tout à fait jour. Sur le piano, la Vierge phosphorescente s'est complètement évanouie.

XVI

Vingt-cinq ans plus tard,
dans le même lit

LUCIE NE DORT PLUS: une tonne de vie ronfle à côté d'elle. Même quand elle la pousse du coude, l'autre ne bouge pas. Elle prend toute la place dans le lit, écrase Lucie sous le poids de sa jambe et de son bras lourdement posés en travers de son corps. Lucie a toujours dormi seule.

Les événements ont pris une tournure tellement différente de ce qu'elle avait imaginé! Et à une telle vitesse! Sa vie qui avançait au pas s'est mise à galoper comme un cheval fou. Elle ne retrouvera pas Suzanne. Il faudra qu'elle quitte son personnage. Le personnage qu'elle a mis des années à parfaire, et avec lequel elle a fini par faire corps. Et âme. Si seulement elle pouvait être le créateur de Suzanne comme elle a été l'auteur de son propre personnage!

Lucie pleure à gros bouillons; elle ne se rappelle pas avoir pleuré autant depuis l'enfance. Son rêve meurt dans son lit et elle n'y peut rien. Elle pensait qu'avec Suzanne, elle pourrait à jamais se soustraire à la lumière et au bruit; que toutes deux, de concert, sans dire un mot, se liquéfieraient comme des coprins après une courte journée de vie; que le baiser de leurs jeux d'enfance les unirait à la manière de Roméo et Juliette, dans la mort. Aimer, mourir. Même pas rêver. Aime-t-elle seulement Suzanne? Non, ce qu'elle a toujours aimé, c'est l'amour absolu, sans objet, sans possession, sans subordination. Si elle n'a jamais aimé Suzanne, pourquoi alors l'a-t-elle toujours recherchée? Et pourquoi la pleure-t-elle maintenant? Pourquoi s'est-elle évertuée à revivre les moments volatils de son enfance? Pour ne pas quitter l'enfance? Tant de questions dans sa tête qui cherchent réponse. Elle suffoque dans ses sanglots. Suzanne dit qu'elle a réussi dans son art dramatique. Foutaise! Elle a échoué sur toute la ligne. Suzanne est restée à l'extérieur, en spectatrice. Lucie n'a pas réussi à la faire entrer dans son jeu. Suzanne n'a pas compris que c'était elle que le cygne appelait dans la fureur aveugle de son silence. Le drame a pris fin avant le dénouement, en queue de poisson. Comment rattraper maintenant cette histoire qui lui échappe? Et puis, ce ciel bleu sans nuages qui frappe aux stores! Que ne fait-il donc nuit! Lucie se dégage avec précaution de la molle et lourde étreinte de sa sœur, se lève et va s'asseoir au piano.

❑

Elle lit les notes du *Cygne* et fredonne le petit air. Toujours le même. Il est bien mort, son cygne. À moins que Nathalie ne le fasse revivre. Pauvre Nathalie. Lucie a des remords: elle n'aurait jamais dû mettre cet oiseau de malheur dans les bras de la jeune fille. Elle a dit qu'elle l'aimait. Faut-il la croire? Et même si c'était vrai, à quoi cet amour servirait-il? Recommencer avec

Nathalie ce qu'elle avait voulu avec Suzanne? Non, ce n'est pas d'amour qu'elle rêvait. De quoi alors? D'un souvenir que la vie n'a pas réussi à assassiner, un souvenir qu'elle a voulu soustraire, en même temps qu'elle-même, au grand tourbillon qui happe les hommes au sortir de l'enfance, qui les mêle les uns aux autres par sa force centrifuge, qui les broie, les rend tous semblables. Elle a pensé qu'elle pouvait rester en dehors de ce grand tournoiement, qu'elle ne se ferait pas avaler comme les autres, que le beuglement de la vie ne l'atteindrait pas. Elle avait réussi. Jusqu'à ce que sa sœur applaudisse. Pourquoi est-elle venue? Comment n'a-t-elle rien vu? Parce que sa sœur, elle, vit et s'étourdit dans la grande tornade. La statuette de la Vierge sur le piano attire son regard. Elle se lève et lui fait une niche avec ses mains, juste pour la voir briller. Non, ce n'est pas l'enfance qu'elle s'entête à ne pas vouloir quitter. De toute façon, même quand on est certain de l'avoir quittée, elle nous rattrape, comme une vieille peine d'amour. Mais que sait-elle de l'amour, celle qui n'a jamais aimé? Elle se rassied.

Lucie fait pivoter le tabouret. Sa sœur dort toujours, à moitié découverte. Cette nudité la gêne. Couchée comme ça, sur le ventre, avec ses cheveux courts, Suzanne pourrait bien être un homme. Lucie frissonne. Sa sœur a de larges épaules et des biceps plutôt forts pour une femme; sa peau est hâlée, différente de celle de Lucie, qui est si blanche. Par contre, elle a des taches de rousseur sur les omoplates; il y a du roux, chez elle aussi. «Nos ancêtres les Gaulois.» Lucie va s'asseoir par terre à côté du lit. Elle caresse une à une les taches de rousseur dans le dos de Suzanne. «Pourquoi es-tu revenue? Ta présence me laisse plus seule que ton souvenir. Pourquoi ne m'as-tu pas laissée avec mes vieux rêves?... Si chacune de tes taches de rousseur était une puce d'ordinateur, te rends-tu compte de la quantité de souvenirs qu'il y aurait dans ta peau? Les hommes sont inconscients et imprudents: ils créent des machines qui leur sont supérieures. Même Dieu n'aurait jamais fait une chose pareille.»

Lucie tourne le dos au lit et se recroqueville en appuyant la tête sur ses genoux relevés. «Que me reste-il? pense-t-elle. Elle était mon seul espoir. Mon seul rêve. Elle a tout oublié, depuis longtemps. Depuis les films d'amour qui la faisaient rêver, son corps a été sali par tant d'hommes qui sont venus y chercher leur furtive jouissance, qui se sont servis d'elle comme d'une outre pour y déverser leur gluante semence. Ils lui ont même appris à ronfler! Ils me l'ont brisée, cassée avec leurs mains trop fortes. Je voudrais mourir. Que nous mourions ensemble. Un ultime fondu au noir. Elle me banderait les yeux et nous irions nous noyer. Je suis fatiguée. Tellement fatiguée. Je voudrais m'étendre, dormir et ne plus jamais me réveiller. Tout juste me fondre dans le grand vide qui m'entoure et qui me creuse. Partir quelque part, loin, très loin, où la vie ne pourrait pas nous atteindre avec son tapage abrutis-sant. Je pourrais la guérir, la soigner, refermer toutes les plaies que la vie a ouvertes en elle, que les hommes ont creusées. Mais elle ne voudra pas me suivre, elle ne comprendra pas. Qui peut me comprendre? Ils n'osent pas. Ils disent que je suis folle, affaire classée, et ça les rassure. Pourquoi a-t-elle attendu si longtemps pour m'ouvrir les yeux? Je suis comme un cancrelat qui s'affole dans la lumière soudaine et je ne sais plus par quel chemin regagner ma cachette, comme si toutes les lézardes des murs avaient été bouchées, tous les bouts de papier peint recollés. Je suis un cancrelat qui a perdu le nord magnétique.»

Lucie regagne le lit, s'étend toute raide sur le dos et se couvre la tête avec l'édredon. Il fait noir comme dans un cercueil. Ce qu'elle aimait tellement dans ces fondus au noir, n'était-ce pas cet avant-goût de la mort? Pas à quatre ans, tout de même! Et puis, pourquoi pas? Il paraît qu'il y a des enfants qui se suicident à cet âge. Les adultes s'en scandalisent: ils trouvent cela tellement triste et puis, ils se sentent coupables. Un enfant, imaginez! Lucie n'a jamais trouvé que c'était triste, seulement précoce. Comme elle. On la disait précoce à l'école, et on lui a fait sauter des classes. Ses premières règles sont arrivées tôt. Précoce, là aussi. Quand elle parlait avec les adultes, on lui trouvait toujours beaucoup de maturité. On ne s'apercevait pas qu'elle se contentait de répéter les phrases qu'elle avait entendu prononcer par les adultes. Et bien sûr, on la trouvait intelligente. Dit-on d'un perroquet qu'il est intelligent? Ou précoce?... Mourir. Mourir avant que d'avoir vécu. On ne peut pas dire des suicidés de quatre ans qu'ils meurent ou qu'ils ont démissionné. Pour Lucie, ils ont tout simplement résisté à l'appel de la vie. Oui, mais elle, que cherchait-elle dans les fondus au noir? Et qu'est-ce qui lui fait tellement défaut? Un baiser est-il la mort? Pas le baiser échangé par deux petites filles pures et innocentes...

Suzanne ne ronfle plus. Elle bâille bruyamment, étirant ses jambes et ses bras. Lucie retient son souffle en tremblant: la vie va reprendre le dessus.

«Lucie? Dors-tu encore? Hey! il est déjà midi! Debout ma grosse!» fait Suzanne en repoussant l'édredon d'un geste enjoué.

XVII

Violation de sépulture

En QUITTANT LE SHOTGUN, Nathalie rentra chez elle sans s'attarder. Sitôt arrivée, elle essaya le costume du cygne que Lucie lui avait donné et s'admira dans un grand miroir. Elle caressa la douceur du plumage blanc, ouvrit et ferma les ailes, pencha la tête, cacha son visage derrière une aile recourbée, fit quelques tours sur elle-même sur la pointe des pieds... Petite, elle aurait aimé devenir danseuse, mais elle n'avait eu droit qu'aux sarcasmes de ses parents quand elle avait demandé qu'on l'inscrive à des cours de ballet. Elle mit la cassette de Lucie dans le magnétophone et improvisa une petite chorégraphie pour elle toute seule. C'est au milieu de ce ballet intime que Gérard la surprit en rentrant.

«Qu'est-ce que tu fais là?» demanda-t-il, visiblement choqué de retrouver le cygne maudit dans les bras de la jeune danseuse, de *sa* danseuse. «Tu vas pas te mettre à faire la folle comme elle?»

«Qui dit que Lucie est folle?»

«Tout le monde. Est partie du club, j'ai pas envie de la retrouver chez nous, astheure.»

«Chez vous?»

«Ben oui, chez nous. Si y avait pas ton p'tit Gérard pour s'occuper de toi, mon p'tit pitou, t'aurais pas une belle place de même pour rester, hein?» fit Gérard, mielleux, en passant une main sur les fesses de la jeune femme. Puis sur un tout autre ton, il ordonna: «Envoye, enlève-moi ça tout de suite.» Sitôt dit, il se ravisa: «Non, tiens, j'ai une idée: garde-le. Je me suis toujours demandé ce que ça pouvait être que de fourrer un oiseau...»

«Touche-moi pas!» objecta Nathalie, en reculant d'un pas alors que Gérard venait de poser les mains sur sa poitrine.

«Est ben rétive la petite, à soir!» fit Gérard en réitérant ses approches. «Tu vas pas me priver de ce plaisir-là?» Il mit une main sur la nuque de la jeune femme et serra. «Fais-toi-z-en pas, c'est pas toi que je vas mettre, c'est son cygne, c'est elle. Elle, pis ses grands airs de sainte nitouche. J'ai toujours pensé que c'était rien qu'une hypocrite. Tu l'as vue danser à soir, sans son oiseau. Tu vois ben qu'est cochonne quand a se lâche lousse... Je suis sûr qu'elle aime ça se faire piner un peu. Comme toutes les bonnes femmes. Qu'est-ce que t'en penses?»

«Arrête, je te trouve pas drôle.»

«Moi non plus, mon trésor. C'est pas drôle, mais ça peut être le fun... mon p'tit oiseau...»

La cassette était rendue à la fin de sa course. Gérard la remit au début et, s'asseyant dans le fauteuil du salon, il demanda à Nathalie de danser pour lui.

La jeune femme était effrayée. Elle s'exécuta en tentant de dissimuler ses tremblements. Il pouvait tout lui enlever si elle ne faisait pas ce qu'il exigeait d'elle. Plus de travail, plus d'appartement, plus de petits cadeaux, plus d'espoir de devenir riche. Dans sa tête, elle demanda pardon à Lucie.

Quand la cassette fut finie et le strip-tease complété, Gérard demanda à Nathalie de remettre le costume blanc. Elle obéit. Il remit encore la cassette dans l'appareil et Nathalie s'apprêta à recommencer sa danse. Il l'arrêta net:

«Non, t'as assez dansé, tu vas fourrer maintenant.» Il éclata de son gros rire sonore en défaisant sa ceinture d'un geste brusque. La jeune femme intercéda, implorante, en faveur du cygne: «Laisse-moi enlever le costume avant.»

Il se contenta de faire non de la tête en souriant et força Nathalie à s'agenouiller en face de lui. Elle comprit chacun de ses gestes et prit son sexe dans sa bouche. Il plaqua sa grosse main sur la nuque de Nathalie et débita un chapelet de paroles obscènes qui visaient toutes le cygne. Nathalie avait envie de vomir. Il la força ensuite à prendre des positions qu'il pensait propres à avilir un cygne trop pur et trop fier. Il déchira le maillot blanc et pénétra la jeune femme en l'intimant de manière injurieuse à crier son plaisir. Juste au moment d'éjaculer, il se retira du ventre du cygne et le souilla de son sperme. Vaincue, Nathalie n'osait plus rien dire. Elle détestait cet homme. Quant à lui, il regarda une dernière fois le cygne en souriant, visiblement satisfait de son œuvre. Il gagna la chambre à coucher après avoir avisé Nathalie de ne plus jamais remettre ce costume. Il ne voulait plus jamais le revoir. Elle ne souffla mot.

Pendant une partie de la nuit, Nathalie chercha un moyen de sortir des griffes de cet homme. Aucune issue ne se présentait dans sa tête. Lucie pourrait certainement l'aider, mais elle ne savait même pas où la rejoindre. Quand elle lui avait annoncé qu'elle quittait le club et le métier de danseuse, Nathalie avait espéré: Lucie l'amènerait avec elle, elle avait confiance en cette fille que tout le monde disait folle. Et ses caresses l'avaient complètement subjuguée. On ne l'avait jamais touchée comme ça, avant. Elle se disait qu'avec Lucie, elle aurait été tranquille. Maintenant, il est trop tard: Lucie est partie et son cygne est souillé. Elle n'a même pas su protéger cet étrange personnage qu'elle croyait si fort. Elle se trouva faible et se fit mille reproches.

XVIII

Suzanne à bâtons rompus

«IL M'A DIT: «Ce n'est pas nouveau», avec un p'tit air méprisant et hautain. C'était pourtant pas la première fois que je l'entendais celle-là, mais ce coup-là, ça passait pas. Alors, moi, du même ton, je lui ai répondu: «Quand j'aurai envie de faire dans les nouveautés, farces et attrapes, je saurai où m'adresser. En attendant, monsieur, moi je fais de la peinture.» Puis je ramasse mes toiles et je sors en claquant la porte. J'étais en tabarnak... Ils me font chier avec leur «nouveau». Toujours à te sortir ça, comme si c'était le seul critère, l'étalon absolu à partir duquel on peut juger de la valeur d'une toile. Mais, bon sens, c'est plus que ça, la peinture! S'il n'y avait que la nouveauté, je serais peintre en bâtiment et je pourrais proposer les couleurs les plus trendy aux couples yuppies en mal de culture.... Il faut que ce soit nouveau et spontané. Très important, la spontanéité, le geste libre, la sin-cé-ri-té. Ah! la belle affaire que voilà! Tu vois le genre: l'artiste qui te lance ses tripes en pleine face, sans pudeur et souvent sans art. Mais on aime ça, c'est tellement sincère ma chère, et généreux par-dessus le marché! Pour être sincère, faut pas que ce soit travaillé. Et l'amour du travail bien fait? Ils en ont rien à branler. Ça ne se vend pas bien. Ce n'est pas la mode. N'importe quelle merde est bonne, en autant qu'elle soit marketable, comme une boîte de savon ou du papier-cul. Avec ça, l'art fout le camp. Mais j'imagine que vous avez les mêmes problèmes au théâtre.»

Le visage de Suzanne disparaît dans son bol de café. Lucie la regarde en souriant. Au théâtre? Que sait-elle du théâtre? Elle ne l'a jamais qu'effleuré. Lucie sourit: elle n'a rien à répondre à sa sœur, mais elle se sent bien — à son plus grand étonnement — à l'entendre parler, s'enflammer. Lucie espérait trouver le silence avec sa sœur: il n'y a jamais eu tant de bruit dans son petit studio. Comme une troupe de jaseurs des cèdres qui viendraient de débarquer, et Lucie se laisse bercer par cette musique nouvelle et fascinante.

Quand elles se sont levées, Suzanne a bien remarqué les yeux gonflés de sa petite sœur. Elle n'a pas posé de question. Elle s'est contentée de prendre la tête de la petite contre sa poitrine et lui a caressé les cheveux. Lucie s'est laissé faire. Suzanne a dit: «Je me suis posé beaucoup de questions sur ton compte, avant de m'endormir... Tu sais, on ne se connaît pas, nous deux... Il va falloir me raconter tout ça». Lucie s'est remise à pleurer et les deux filles se sont recouchées dans les bras l'une de l'autre. Suzanne ne disait rien, elle attendait les confidences; elles ne sont pas venues. Pas tout de suite. Lucie a enfoui sa tête entre les seins mûrs et généreux de sa sœur. Et elle a eu une soudaine envie de téter. Elle a approché sa bouche d'un mamelon large et brunâtre sans demander la permission et elle s'est mise à téter en fermant les yeux. Suzanne n'a pas bougé, elle a continué de caresser la tête de sa petite sœur. Dans cette tête, le calme revenait. Alors Lucie a relevé son visage vers celui de sa sœur et elle a demandé: «Aide-moi». L'autre a frissonné et a répondu: «Je peux essayer». Et Lucie a remonté le cours du temps. Suzanne a écouté sans commenter. Après, elle s'est mise à parler de choses et d'autres, des villes où elle avait vécu, des hommes qu'elle avait connus et beaucoup, beaucoup de peinture, des conditions dans lesquelles elle travaillait, de ce qu'elle pensait des autres artistes, des courants, etc.

«Je ne comprends pas pourquoi il faut absolument être moderne. Ils insistent: il faut être de son temps. Long comme le bras. Quand j'entends dire par exemple de Mozart qu'il est moderne, quelque chose me chicote, que Vélasquez était moderne... quelque chose m'échappe. Si encore on se contentait de dire ça, comme on dit: «Moi c'est la lumière que j'aime dans la peinture de machin», ce serait pas grave. Ce qui m'écœure, c'est qu'ils ont l'air de dire que c'est justement parce qu'un tel ou un tel est «moderne dans sa sensibilité poétique», imagine, qu'il a de la valeur. Parce que ça crée un «effet de proximité». Quelle bande d'incultes!... Ça me fait penser à tout le discours qu'on tient sur la peinture. Il y a des fois où les oreilles me frémissent. Ce serait hilarant si c'était pas aussi dangereux pour la survie même de la peinture. Tu ne peux même pas dire: c'est beau, tu passes pour un ignorant. Un plouc. Pour justifier une merde, y a rien de mieux qu'un beau discours. C'est comme dans le temps qu'il fallait être engagé. Absolument engagé, sinon, on était nul. Ça revient, ça aussi. Engagé dans toutes les causes possibles et imaginables, pourvu qu'elles soient médiatiques. Les bons sentiments sont de très bons vendeurs. L'art en soi, c'est pas assez. Tu comprends, il faut que ça serve à quelque chose. Tu veux que je te dise à quoi ça sert? À faire monter les cotes... Non, moi, mon seul engagement, c'est envers la peinture que je l'ai pris.

Ma seule patrie, c'est la peinture, la couleur, la forme, la lumière...»

Et la tête disparaît encore dans le bol de café. Lucie ne comprend pas très bien pourquoi sa sœur se défend d'être moderne. Elle la trouve plutôt de son temps, au contraire. Enfin, beaucoup plus qu'elle, mais elle ne dit rien. Elle se contente de la regarder et de l'écouter. Elle aimerait tellement avoir cette assurance face à son propre talent.

«Je suis encore assez naïve pour croire que l'art transcende le temps. Non, je suis vraiment pas de mon temps. Une cause perdue! Mais j'ai l'impression que la modernité ne comporte aucun avantage. Et puis tu sais, au fond, pour moi ce qui compte, c'est le bonheur de peindre. Le jour où je prendrai plus mon pied en peignant, je ferai autre chose. Je dis pas que c'est un bonheur facile, il y a des toiles qui m'en font arracher en maudit. Je peux pas dire que ça se fait sans souffrance, mais des fois, j'arrive à des instants, de très brefs instants, des moments si courts qu'ils sont incommensurables où j'ai le sentiment d'être en état de grâce. C'est pour ces minuscules instants de joie — de joie pure — que je continue à peindre. Il y a juste la peinture qui a pu me les procurer jusqu'à maintenant.»

«Pas les hommes?» demande Lucie.

Suzanne sourit pensive: «Les hommes... c'est autre chose...»

«C'est moins bien?»

Suzanne éclate de rire: «C'est pas mieux ou pire, c'est autre chose. Ça se compare pas. Comment je pourrais t'expliquer? Les hommes, ils ne partent pas de moi, ils arrivent à moi, venus d'ailleurs. Et j'essaie de les rejoindre. Si tu veux comparer avec la peinture, disons que quand j'arrive justement à les rejoindre loin, très loin où ils se cachent, je connais aussi du bonheur, de la joie. La différence, c'est qu'avec les hommes, j'ai encore moins de contrôle qu'avec une peinture. Ils sont en partie responsables du succès ou de l'échec de mes tentatives. Je ne suis pas toute seule. Ce n'est pas mieux ou pire, c'est différent.»

«Je vois», fait Lucie en baissant la tête.

«Tu ne vois rien, petite... si c'est vrai que tu n'as jamais connu d'hommes. Remarque, j'ai encore du mal à le croire. Même pas une fois? Une toute petite fois?»

«Non, je te l'ai déjà dit.»

«C'est incroyable. En tout cas, moi je pense que je pourrais pas m'en passer. Ça me manquerait, c'est effrayant. Juste de penser que j'aurais jamais baisé, j'en ai des frissons. Je me sentirais incomplète, inachevée... Tu te sens pas desséchée, des fois?»

«Franchement, Suzanne!»

«Excuse-moi... N'empêche, ça me rentre pas dans la tête... T'as jamais eu le goût d'essayer?»

«Non. Je savais pas qu'on *essayait* les hommes. Comme une robe? un savon?» Lucie est vexée, elle pince les lèvres et son regard devient méprisant.

«Bon, ça va, j'ai compris. J'insiste pas.»

XIX

Face à face

LES JASEURS DES CÈDRES sont partis. Lucie se dit que c'est bien de sa faute à elle. Pourquoi avoir mis les hommes sur le tapis? Elle préférait quand Suzanne parlait de sa peinture. «Parle-moi encore de peinture», finit-elle par demander, sur un ton presque suppliant.

«Qu'est-ce que tu veux encore savoir?»

«N'importe quoi. Explique-moi.»

«Expliquer? J'aurais bien de la misère. Moi, je pense comme Utrillo: la peinture, c'est comme la merde, ça se sent. Le problème, c'est qu'aujourd'hui on n'a plus de nez. Si tu veux mon avis, le déclin de notre civilisation passe par le nez. On ne sent plus rien. C'est grave, très grave. Parce que le nez, c'est la mémoire. Et plus de mémoire, on s'en va où? On est comme des aveugles.»

«Moi je pensais que la mémoire nous empêchait d'avancer!»

«Qu'est-ce que tu crois! Sans mémoire, on n'est rien! Rien que du vent! On tiendrait pas debout. On n'aurait aucune référence. On recommencerait cent fois les mêmes erreurs...»

«À chaque fois, on serait neuf, ce serait pas mieux? Il me semble que je serais moins malheureuse, si j'avais pas de souvenirs.»

«Tu me parles de souvenirs, moi je te parle de mémoire! Et puis ta mémoire, comme celle de tout le monde, est sélective. Ta mémoire est capable de choisir entre les bons et les mauvais souvenirs, à moins que tu l'aies bousillée.»

«Je ne te parle pas de mauvais souvenirs, je te parle des bons, justement. Je n'arrive pas à oublier.»

«Dis plutôt que tu ne veux pas oublier. Écoute, Lucie, moi j'ai l'impression que tu te complais dans tes souvenirs. Tu forces ta mémoire, tu t'accroches. Ce n'est pas ta mémoire qui fait défaut, c'est toi qui triches.»

«Je triche, moi?»

«Oui, tu triches avec toi-même. Ne fais pas l'hypocrite.»

«C'est la vie qui triche: elle m'offre rien de mieux que de vieux souvenirs.»

«Ce que tu peux être bébé! Tu me décourages! Comment peux-tu voir ce que la vie t'offre si t'ouvres jamais les yeux? À part ça, oublie jamais une chose: la vie ne s'offre pas. C'est à toi d'aller la chercher. Et c'est sûrement pas en regardant en arrière que tu vas la trouver. Y a rien derrière, mets ça dans ta petite tête! Tout est devant, tout est à faire!» lance Suzanne, visiblement agacée.

«Tu penses comme tout le monde: il faut vivre à tout prix, oublier, être heureux, épais mais heureux!»

«Non, je pense pas qu'il faut vivre à tout prix, oublier. Mais je pense qu'il faut faire un choix à un moment donné. Si tu veux vivre, vis, si tu ne veux pas vivre, meurs, pis câlisse-nous la paix! Tu es libre de choisir, mais choisis! Arrête de niaiser sur le pas de la porte!»

«Libre! Et depuis quand? Les choses ne sont pas si simples et tu le sais très bien. Est-ce que ça ne t'est jamais arrivé de douter de ta propre existence? Comment peux-tu être tellement convaincue de vivre? D'où te vient cette belle assurance? C'est de l'imposture! C'est toi qui triches, avec ta conscience. C'est ça vivre? Taire sa conscience? Noyer ce qui nous fait mal, faire comme si de rien n'était? «Fonctionner», comme ils disent. Fonctionner à tout prix. Être «opérationnel», comme des machines. Pour moi, la question n'est même pas de vivre ou de mourir, je me demande encore si je suis, si j'existe.»

«T'aurais peut-être plus de certitudes si t'arrêtais de penser que la vie est un théâtre. Oublie tes grands drames! Tes Roméo et Juliette, tes Cyrano, tes Hamlet, tes Tristan et Iseult, tes contes de fées, tes films d'amour à la con. C'est ton propre drame que tu joues, c'est ta vie, ton souffle. T'es pas sortie de l'imagination d'un auteur, t'es mille fois mieux: t'es un être en chair et en os, autonome, t'es responsable de chacun de tes gestes. Personne n'a écrit la pièce pour toi; y a pas de scénario qui décide pour toi. C'est toi qui mènes le jeu. T'es libre de sortir et de rentrer quand tu veux. Mais si tu te tires une balle dans la tête, tu reviendras pas ensuite saluer le public qui applaudit.»

«Qui parle de me tirer une balle dans la tête?»

«Écoute, Lucie, depuis que t'es petite, j'ai l'impression que tu souhaites la mort. Comme une délivrance. T'as la mort dans l'âme. Tu l'as toujours eue. Tu vis enfermée dans tes petits drames imaginaires. Et là, je peux pas t'aider. Personne peut t'aider. Compte pas sur moi pour larmoyer sur tes vieux souvenirs. Oui, je me rappelle. Je me rappelle très bien mon enfance. Je me souviens même des jeux innocents dont tu parlais ce matin. Mais c'était un jeu. Lucie, un jeu, rien de plus, un jeu pour deux petites filles qui s'ennuyaient. Et je tiens pas à retourner en enfance. J'en suis sortie et je m'en trouve très bien, merci. Tu comprends? J'irai pas avec toi dans ton fondu au noir de merde, même pas une fraction de seconde. C'est vrai, c'est un peu à cause de moi si tu t'es embarquée dans le mauvais bateau, c'est moi qui t'ai bandé les yeux, c'est à moi maintenant de t'éclairer. O.K.? J'accepte de prendre mes responsabilités, mais il va falloir aussi que tu prennes les tiennes. Et tu vas commencer par décider si tu veux vivre ou non. De toute manière, va falloir que t'en finisses avec ton ostie de personnage ou avec toi-même. Sainte Lucie, vierge et martyre! Es-tu si mauvaise actrice que tu peux pas jouer d'autres rôles?»

«C'est toi qui disais que la vie n'est pas un théâtre, et t'es en train de me demander de changer de rôle!»

«Parce que c'est encore le seul langage que tu comprennes. T'es complètement toquée.»

Le silence tombe entre les deux filles. Puis Suzanne se lève de table et va s'habiller.

«Je sors prendre l'air. On crève ici», dit-elle calmement.

Mais sa sœur ne l'entend pas sur le même ton. Elle s'énerve, elle menace: «C'est ça! Laisse-moi crever toute seule. Ça te ferait pas un pli, hein? Tu te sentirais même pas coupable. Ça fait longtemps que tu m'as abandonnée. Tu m'as jetée dans un grand trou noir, puis tu m'as oubliée...»

«T'as raison. Je me sentirai même pas coupable. Tu peux crever en paix si ça te chante», interrompt sèchement Suzanne. Et elle sort.

XX

To be or not to be

LES DERNIÈRES PAROLES de Suzanne l'ont assommée. Pendant un long moment, Lucie reste assise, pantelante, les yeux perdus sur un horizon fictif au-delà des reliefs du petit déjeuner.

«Je n'irai pas avec toi dans ton fondu au noir. Tu peux crever en paix.» Dans sa tête, c'est le vide complet. Le fondu au blanc. L'écran est brûlé par une lumière trop vive et trop soudaine. C'est le film qui brûle et agonise en lambeaux palpitants autour de l'écran blanc sale. Le film de sa vie. Elle s'est toujours nourrie de mots, d'idées, de mythes; sa sœur lui demande de bouffer de la chair et du sang. De boire son propre sang, s'il le faut. Faire un choix. Décider de vivre ou de mourir. Vivre ou mourir. Vivre ou mourir, les mots résonnent dans sa tête, ils se bousculent, tournoient comme les molécules d'un atome. Vivre ou mourir.

«Et puis merde! Non. Elle est trop bête, les choses ne sont pas si simples. On ne peut pas *en être quitte avec un simple poinçon*. Qu'est-ce qui m'a pris aussi de tout lui raconter? Je savais qu'elle ne pourrait pas comprendre. Elle parle trop. Elle a peur du silence. Et moi qui ai failli me laisser prendre. Des jaseurs des cèdres! C'était une trop belle image pour une simple pie. Elle parle sans réfléchir. Elle se contredit, elle est comme les autres, elle s'étourdit. Une girouette. Elle tourne, elle tourne, sur elle-même, soumise aux vents, en s'imaginant que c'est cela vivre.

«No more flashback, qu'elle me dit! Go ahead! Mets tes souvenirs à la poubelle et regarde en avant. Je ne vois rien en avant. Ce n'est pas grave: prends ton grabat et marche. Marche. Marche droit devant toi sans regarder en arrière. Et si je me retournes? Tu seras changée en statue de sel... Et pendant ce temps, des pères lubriques mettront leurs sexes dans les mains de leurs enfants... Fais comme tout le monde: avance sans poser de questions, et de grâce, oublie le théâtre! Laisse les Hamlet gémir leurs hésitations sur des scènes éphémères. La vie, c'est autre chose. Quoi? On ne le sait pas encore, mais quelle importance? We want you! qu'elle fait la vie, en pointant son index impudique. Me? Why?

«Qu'ai-je donc fait? Quelle faute dois-je expier? Quel crime ai-je donc commis qui ne puisse être lavé par la miséricorde de Dieu? J'ai douté: voilà ma faute. Ma faute, ma très grande faute! Mais alors, pourquoi nous avoir donné la conscience si c'est pour n'en point user? Pourquoi l'avoir accordée aux esprits faibles? Que ne l'avez-vous donc réservée aux êtres supérieurs, à ceux qui possèdent la science nécessaire pour changer, modifier, améliorer? Aux dieux, aux démiurges, aux enfanteurs, à ceux qui ont le génie de créer? Pourquoi m'avoir donné la conscience, à moi qui suis stérile? À moi qui ne suis qu'une larve attardée? À quoi me sert la lucidité? La mort me délivrerait-elle de ce regard qui m'empoisonne? Si seulement j'en pouvais avoir la certitude...

«Mais non! Il faut vivre! Vivre et être gais n'est-ce pas? Heureux et intempestifs comme des mouches ignorantes qui s'agglutinent sur des lampes brûlantes... Un derrière l'autre, à la queue leu leu, allons quémander notre part de la grande soupe populaire qu'est la vie... La caravane passe... les chiens aboient. Je resterai du côté des chiens, de ceux qui regardent passer les trains et les caravanes. Je resterai sur le quai d'où partent les grands vaisseaux et je pleurerai — avec les femmes et les enfants — les fiancés, les maris, les amants, les frères et les pères engloutis par la mer... Ou alors je serai bandit de grands chemins. Pirate à l'œil crevé. Croisé impitoyable. Je serai chacal parmi les chiens. Plus vorace que le vautour, plus puissant que l'aigle. Et je me vautrerai dans le sang des jeunes vierges qu'on massacre. À moi toutes les richesses volées! À moi tous les trésors pillés, les villages incendiés, les galions éventrés. Voilà le choix que tu me laisses: chien galeux ou pirate sanguinaire...

«Retire-toi, démone! Fuis loin de moi avec tes paroles enjôleuses. J'ai bien failli tomber dans tes rets habilement tissés. Mais maintenant mes oreilles sont fermées, et aucune parole qui jaillira de tes lèvres perfides ne réussira à s'infiltrer pour troubler ma résolution. On m'a fermé les yeux avant que j'aie pu voir la réalité outrageante de ce monde, et c'est ainsi que je veux demeurer: ensommeillée, insensible, indifférente à tous les ensorcellements de ce que vous appelez la vie. La vie! Catin racoleuse! Tu me demandes de choisir entre vivre et mourir, mais qu'appelez-vous vivre, si ce n'est cet empressement que vous mettez à marcher vers la mort? Vous êtes tous là à vous agiter, à grouiller, pareils à des vers qui s'acharnent sur de la chair pourrie. Et tu veux me faire croire que nous sommes libres! Notre vie est dictée, réglée par la mémoire, ta chère mémoire! Libres de vivre ou de mourir. Nous ne serons jamais libres de mourir, et c'est cela que tu essaies d'oublier en t'accrochant à la vie. Tu me demandes de choisir, eh bien, j'ai choisi: je ne veux pas de cette vie-là, de cette existence désespérée, de ce halètement perpétuel... Tu dis que j'ai toujours voulu la mort, rien n'est plus faux: je voudrais l'éternité, mais pas l'éternité d'une vie consacrée à oublier la mort. Non... Je voudrais vivre dans le ressac des vagues qui viennent lécher les galets inlassablement. Je voudrais vivre dans la patine d'un meuble, dans le murmure d'une cathédrale, dans le sillon d'un champ labouré. Tu vois: je n'en demande pas beaucoup. Mais pour toi, cela n'est pas vivre. Pour toi, vivre, c'est mourir à dose homéopathique.»

«C'est tout?» demande Suzanne qui était revenue sans faire de bruit, et qui était restée appuyée contre la porte, à écouter le monologue que sa sœur improvisait sur un ton déclamatoire.

Soûlée par ses propres paroles, Lucie se retourne, légèrement chancelante, vers sa sœur. Elle laisse échapper un faible «mais...»

«*Ah! Non! c'est un peu court, jeune homme! On pouvait dire... Oh! Dieu! Bien des choses en somme. En variant le ton — par exemple, tenez ...* » réplique Suzanne, malicieuse.

«Mais... c'est Cyrano!» interrompt Lucie, abasourdie.

Suzanne est partie sur sa lancée et ne prend pas la peine de répondre, elle continue: «...*Agressif: Moi*, ma sœur, si j'avais une vie telle que la vôtre, *il faudrait sur-le-champ que je me...*» Suzanne hésite un instant, puis «... l'enlevasse!»

«...*l'amputasse!*» corrige Lucie

«Comme tu voudras, de toute façon, je ne me rappelle plus la suite, sauf: *C'est un roc!... C'est un pic!... c'est un cap! Que dis-je, c'est un cap?... C'est une péninsule!*»

«Comment ça se fait que tu connais Cyrano?»

«On n'oublie pas ses classiques, sœurette!» répond Suzanne d'un ton affectueux, et elle ajoute: «Comme ça, je meurs à dose homéopathique»?

Lucie retrouve son air mélancolique après la brève diversion apportée par son cher Cyrano, mais elle ne répond pas à la question.

«Si ça veut dire que je goûte la mort un peu chaque jour, soit, j'aime bien le goût de la mort. Ça me donne de la chaleur. C'est fou, j'aurais jamais pensé que la mort pouvait réchauffer», fait Suzanne. Mais Lucie ne réplique pas. Elle s'est assise au pied du lit et elle garde la tête baissée. Suzanne s'assoit à côté d'elle, lui entoure les épaules de son bras: «Dis-moi, si je meurs à dose homéopathique, est-ce que par hasard, toi, tu vivrais pas à dose homéopathique? Du bout des lèvres, goutte à goutte, même pas assez pour pouvoir y goûter?»

Lucie reste muette.

«T'as raison: une fois qu'on y a goûté, on veut plus lâcher la coupe. Et c'est dangereux de s'enivrer... Mais dis-moi seulement une chose: as-tu jamais connu la joie?»

Lucie se redresse, piquée au vif: «La joie? Un autre ensorcellement pour nous faire craindre la mort».

«Pourtant, quand je suis arrivée avec Cyrano, j'ai bien vu briller quelque chose dans tes yeux, non?»

«C'était... la surprise», bégaie Lucie.

«Ah bon! Je pensais avoir entrevu autre chose. As-tu donc tellement peur de la mort que tu te refuserais même de la joie?»

«Je n'ai pas peur de la mort.»

«Alors pourquoi refuses-tu de vivre?»

Lucie reste un moment silencieuse, son regard accroché aux yeux de sa sœur, puis elle lui dit, d'un air épuisé: «Va-t'en» et se couche sur le lit, recroquevillée.

«Tu m'as demandé de t'aider, c'est ce que j'essaie de faire...»

«Laisse tomber. Je me suis trompée. Je n'ai pas besoin d'aide. Je ne te connaissais pas. Laisse-moi tranquille maintenant. Va-t'en. Nous n'avons plus rien à nous dire.»

«Alors nous ne parlerons plus», fait Suzanne, fermement décidée à ne pas quitter la place.

QUATRIÈME PARTIE

Suite et fin

XXI

L'irrésistible lumière

CHÈRE SUZANNE,

J'arrive de me promener dans le parc. Depuis longtemps ils ont enlevé les cygnes de l'étang. Je me suis arrêtée un moment et je nous ai revues: deux folles se baignant nues dans l'étang sale au milieu des cris stridents des cygnes aux ailes rognées. Tu te rappelles? Tu avais apporté mon ghetto blaster avec une cassette des Glorias de Vivaldi et le volume au maximum. Il faisait tellement beau ce jour-là. Ensuite, j'ai repensé à toutes les frasques que nous avons faites pendant ton séjour ici, à nos folles équipées nocturnes, nos journées oisives et lascives, mon initiation à la peinture et ton plaisir à me voir jouer tes personnages préférés, notre virée au bord de la mer, les vêtements complètement fous que tu m'as fait porter et les alcools parfumés que tu m'as fait boire, nos ivresses et mon rire inconnu... Mais tout cela est passé: depuis que tu es partie, les choses sont redevenues comme avant. J'ai retrouvé la solitude et l'idée du bonheur qui m'avait effleurée a bel et bien disparu. Suzanne, je n'arrive pas à vivre.

J'ai beau faire des efforts surhumains, je crois que je n'y arriverai jamais. Je pense qu'il faut être doué pour cela. Sinon, pourquoi la vie se refuse-t-elle à moi, alors que sur toi elle se précipite? Avant que tu ne viennes ici, je ne m'étais jamais posé ce genre de questions. Je méprisais la vie, je fuyais la lumière, j'arrivais à «vivre» sans être jamais venue au monde. Mais depuis que tu m'as fait découvrir la lumière, je suis déchirée. J'ai souvent envie de revivre ces états lumineux que tu appelles la joie et j'en suis incapable. Alors, certains jours, j'essaie de me convaincre que je ne les ai jamais connus et que rien n'a changé, mais je suis trop honnête pour y parvenir. Tout était tellement plus facile avant. Pourquoi ne t'es-tu pas contentée de jouer au fondu au noir avec moi, comme quand nous étions petites? C'était tout ce que j'attendais de toi. Aujourd'hui, à quoi me sert cette lumière qui m'appelle et que je ne peux rejoindre? Je trouvais l'appel de l'obscurité moins déchirant.

Et puis, il y a aussi la solitude qui me pèse maintenant. Je n'aurais jamais pensé que cela m'arriverait un jour. Depuis toujours, j'ai vécu enfermée dans une solitude de plomb et je m'en trouvais bien. Aujourd'hui, je pense qu'elle est responsable de mon impuissance à aller vers la lumière. Il me semble que la joie ne peut me venir que d'une communion, que l'impression de vie ne peut me venir que des autres, ou du moins de ce qui est en dehors de moi. Mais j'ai tellement vécu seule depuis toujours que je ne sais pas comment sortir de moi. Je ne sais pas aborder les autres hommes; quand je m'y essaie, je retombe plus profondément dans ma mélancolie. Je ne peux pas trouver la paix en moi et je demeure incapable d'aller la chercher ailleurs: vois comme tu m'as laissée! Tu aurais dû t'en aller tout de suite, le deuxième jour, quand je te l'ai demandé. Il n'était pas trop tard à ce moment-là. Tu n'avais pas encore réussi à ébranler ma résolution.

Dans le parc, j'ai aussi médité longuement sur un article que j'ai lu hier, et dans lequel il y avait des témoignages de personnes qui, après avoir été déclarées cliniquement mortes, ont été ranimées. Elles racontent toutes qu'au moment de «partir», elles ont été attirées par une étrange lumière, comme dans un «tunnel lumineux». Elles consentaient à se laisser avaler par cette lumière et elles se sentaient très bien, très calmes, d'une sérénité jusqu'alors insoupçonnée, sans angoisse, sans inquiétude, sans remords. Elles n'avaient aucune crainte. Quand les hommes ont réussi à les ramener à la vie, elles ont ressenti une vive déchirure. Si elles avaient pu parler, elles auraient demandé qu'on les laisse tranquilles, là, dans cette vibrante lumière.

Tu comprendras qu'une telle «révélation» a eu un effet terrible sur moi. Je n'avais jamais imaginé que la mort pouvait conduire vers la lumière, tout comme j'ai toujours pensé qu'un fondu au noir ne pouvait mener qu'à l'obscurité. Je jonglais avec cette idée et mon corps s'est mis à tressaillir, et ce n'était pas de froid. J'ai pensé qu'il pourrait enfin exulter au moment de mourir.

Je t'entends d'ici me dire que tout cela est idiot, que ces gens sont des illuminés, des croyants, etc., qu'il ne faut pas prêter foi à de pareilles sornettes. Tu as sans doute raison. On a toujours raison, c'est une question de point de vue. Mais, honnêtement, que connaît-on de la mort? Je sais, tu es une inconditionnelle de la vie, alors ce genre d'idée n'a pas de sens pour toi. Mais pour moi qui ai, comme tu le dis, «la mort dans l'âme», c'est une perspective plutôt séduisante. Et puis, qu'est-ce que j'ai à perdre? Je t'avoue que je suis démesurément tentée d'aller vers cette lumière. Ce n'est pas le désespoir qui me fait pencher pour une telle solution, non, il y a longtemps que j'ai accepté de vivre sans espoir, c'est tout simplement une question de lucidité: je reconnais mon incompétence à vivre. À trente-trois ans, il est bien tard pour commencer mon apprentissage.

J'ai pensé qu'avant de commettre ce suicide (je déteste ce mot, mais puisqu'il faut appeler les choses par leur nom), je pourrais peut-être me donner une dernière chance en allant te rejoindre. Après réflexion, je crois que ce serait inutile: là-bas, tu as ta vie, tes occupations, tes amis, tes amours, ta peinture, et moi je serais comme un chien dans un jeu de quilles. J'aurais peur de me retrouver dans une solitude encore plus navrante. À côté de quelqu'un qu'on aime, la solitude doit être insupportable.

Je te poste cette lettre avant d'avoir pris ma décision finale. Je sais, c'est un peu bête et méchant, mais je suis comme ça. Et je n'ai pas envie d'écrire la classique lettre d'adieu des suicidés. J'ai toujours trouvé cela dérisoire.

Affectueusement,

Lucie

P.S.

Il y a un nouveau locataire dans l'appartement du dessus. Il a aussi un piano; l'autre soir, il a joué Le Cygne de Saint-Saëns: *je ne l'avais plus entendu depuis trois mois, et pour la première fois de ma vie, ça m'a fait pleurer. Je pense qu'il est temps que je parte.*

CET OUVRAGE
COMPOSÉ EN SOUVENIR CORPS 12 SUR 14
A ÉTÉ ACHEVÉ D'IMPRIMER
LE PREMIER AVRIL MIL NEUF CENT QUATRE-VINGT-ONZE
PAR LES TRAVAILLEURS ET LES TRAVAILLEUSES
DES PRESSES DE L'IMPRIMERIE GAGNÉ
À LOUISEVILLE
POUR LE COMPTE DE
VLB ÉDITEUR.

Ce livre est imprimé sur
du papier contenant plus
de 50% de papier recyclé
dont 5% de fibres recyclées.

IMPRIMÉ AU QUÉBEC (CANADA)